Chère lectrice,

Que diriez-vous si je vous invitais, en ce beau mois d'août, aux Etats-Unis ? Et plus exactement dans le Berkshire, splendide région de l'Etat du Massachussets où se niche la discrète petite ville de Cooper's Corner… Vous êtes tentée ? Alors un conseil : n'hésitez pas à réserver une chambre au bed and breakfast « Les Chênes Jumeaux », tout juste rénové par Maureen Cooper. Un petit bijou de charme et de confort, où l'on est accueilli comme un ami. Je vous ai convaincue ? J'en suis heureuse, car j'ai le plaisir de vous faire découvrir ce mois-ci le tout premier roman de la saga de Cooper's Corner : *Un amour secret*, de Tara Taylor Quinn. Et des secrets, la petite ville n'en manque pas : à commencer par celui de Maureen Cooper, bien décidée à cacher la raison pour laquelle elle est revenue à Cooper's Corner, après avoir vécu à New York. Mais aussi l'impossible amour que Scott voue secrètement à Lauren, son ex-belle-sœur, qu'il retrouve alors qu'elle vient séjourner aux Chênes Jumeaux. Et pourquoi d'ailleurs ? Autre mystère… Sans parler de ce pensionnaire de l'auberge, célèbre journaliste spécialisé dans le tourisme, qui disparaît soudain sans crier gare…

Heureusement, les secrets, même les mieux gardés, finissent par se dénouer… et la passion par triompher.

Je vous ai mis l'eau à la bouche ? Alors j'espère que, comme moi, vous serez impatiente de retrouver Cooper's Corner dès le mois prochain dans votre collection Horizon !

En attendant, plongez-vous avec délices dans les quatre autres titres du programme de ce mois d'été, propice aux vacances et au farniente…

Très bonne lecture,

on

D0994014

Jeux amoureux

SANDRA PAUL

Jeux amoureux

COLLECTION HORIZON

Cet ouvrage a été publié en langue anglaise
sous le titre :
THE MAKEOVER TAKEOVER

Traduction française de
CHRISTINE DERMANIAN

HARLEQUIN®

est une marque déposée du Groupe Harlequin
et Horizon® est une marque déposée d'Harlequin S.A.

Originally published by SILHOUETTE BOOKS,
division of Harlequin Enterprises Ltd.
Toronto, Canada

1.

— Allez, Lauren…

— Non.

— Pourquoi ? Nous avons tout le temps…

— Justement pas !

Assise dans une attitude guindée, Lauren Connor évitait soigneusement le regard de son supérieur hiérarchique, installé de l'autre côté du grand bureau en chêne. Les yeux rivés sur la portion de ciel bleu qui apparaissait entre les gratte-ciel de Chicago, elle ajouta :

— M. Haley risque d'arriver d'un instant à l'autre, et je ne tiens pas à ce que le P.-D.G. de l'entreprise nous trouve en train de batifoler.

— Il ne sera pas ici avant une bonne trentaine de minutes.

— Vingt.

— D'accord, vingt. Ce qui nous laisse bien assez de temps.

Rafe Mitchell dévisagea sa secrétaire, laquelle affichait un air implacable. Une moue enjôleuse aux lèvres, il insista :

— Voyons, Lauren… Ça va m'aider à me détendre. Ce marché avec Bartlett me stresse terriblement.

Perplexe, Lauren reporta son attention sur lui. Comme il l'enveloppait d'un regard envoûtant, elle ressentit un curieux pincement à l'estomac — pincement étranger à la nausée qui la taraudait depuis le matin. Elle remonta ses lunettes sur son nez et essaya de deviner pourquoi il insistait ainsi.

Il ne paraissait pas du tout stressé, confortablement installé dans son fauteuil, dans cette position qui lui était chère : bien calé en arrière, ses longues jambes allongées devant lui, les mains dans les poches de son costume gris.

Mais peut-être ne mentait-il pas, se dit-elle. Peut-être ressentait-il bel et bien les effets de la pression qui s'exerçait sur lui.

Nul ne savait mieux que Lauren combien il était éprouvant de travailler dans l'entreprise de comptabilité Kane Haley. Et, responsable du service « Fusions et Rachats », Rafe avait son lot de défis à relever.

Mais nul ne savait mieux qu'elle, aussi, que Rafe n'avait pas son pareil pour obtenir ce qu'il voulait. Cette absurde expression d'espoir qu'il affichait en ce moment même ne parvenait pas à masquer la farouche détermination imprimée de façon indélébile sur les traits de son visage.

Rafe Mitchell était quelqu'un de dur, et il suffisait de le regarder pour le deviner. Tant son long corps musclé que l'intelligence cynique qui luisait dans ses yeux de jais trahissaient ce trait de caractère.

A la lueur d'amusement qui s'alluma soudain dans le beau regard brun, Lauren se raidit davantage encore.

— Il se trouve que cela ne me détend pas, *moi*, rétorqua-t-elle, cherchant à donner à sa voix douce un accent inflexible. Bien au contraire, même.

— Ce sera différent, cette fois. Promis.

La jeune femme se sentit faiblir, malgré elle.

— Laurie…

Ces inflexions caressantes réduisirent en miettes les dernières résolutions de Lauren. Il y avait désormais trois ans qu'elle travaillait sous les ordres de Rafe, et jamais — jamais ! — elle n'avait été capable de résister à ce ton mi-exigeant mi-cajoleur

8

qu'il utilisait en certaines circonstances. Alors pourquoi en aurait-il été autrement ce jour-là, alors qu'elle se sentait plutôt mal en point ?

Lauren posa son calepin d'un geste sec sur le bureau.

— D'accord. Mais *une seule fois* ! Et pour l'amour du ciel, dépêchons-nous !

Le regard triomphant, Rafe bondit de son siège.

— Parfait ! s'exclama-t-il. Installez-vous à mon bureau, je vais tout préparer.

Elle obtempéra et se laissa tomber dans le fauteuil en cuir souple, qui avait gardé la chaleur de son propriétaire. Cette chaleur se diffusa en elle, chassant les petits frissons qui ne lui laissaient aucun répit depuis le matin. Même son gros pull marron et la jupe longue en laine épaisse qu'elle portait n'avaient pas réussi à lui tenir chaud, ce jour-là.

D'instinct, elle posa les mains sur son ventre au moment où une autre douleur pointait.

Ce n'était tout de même pas la grippe ? s'alarma-t-elle. Ou quelque chose de plus grave ?

Elle s'empressa de chasser cette pensée de son esprit. Elle n'avait pas le temps de se pencher sur des problèmes d'ordre personnel. Trop de tâches l'attendaient : la réunion avec M. Haley ce matin, les futurs rendez-vous qu'elle devait prévoir afin de mettre en place le rachat de Bartlett. Préparer les contrats, prévoir les décorations pour la fête de Noël de l'entreprise…

Elle soupira tant la liste semblait interminable.

Et pour couronner le tout, elle avait affaire à un chef qui s'obstinait à perdre un temps précieux ! songea-t-elle en regardant Rafe qui mesurait en marchant une distance d'environ deux mètres sur l'épaisse moquette crème.

Il plaça là la corbeille à papier, vide, et puis, retourna vers le bureau pour sortir d'un tiroir un petit cerceau orange muni d'un filet.

La jeune femme leva les yeux au ciel tandis qu'il fixait, avec une satisfaction évidente, ledit cerceau au rebord du panier poubelle.

— Vous n'en avez donc jamais assez de ces jeux stupides ?

— Non. J'aime gagner.

— Vous finirez par avoir un ulcère, lui répondit-elle d'un ton morose. Un esprit aussi compétitif ne vous apportera rien de bon.

Rafe lança un regard amusé à sa secrétaire.

C'était l'hôpital qui se moquait de la charité ! se disait-il. Car Lauren aimait elle aussi la compétition, même si elle n'en avait pas encore conscience.

A vrai dire, peu de gens le devinaient en la voyant. Elle ressemblait à ces filles qui ont trop joué à la poupée avec leur mère et n'ont jamais pratiqué de sport avec leur père. Tout en elle respirait... une sorte de manque d'assurance. Elle portait des lunettes qui glissaient perpétuellement de son nez court. Les verres épais donnaient à ses yeux gris-bleu un air un peu surpris. Elle ressemblait parfois à une petite taupe anxieuse, clignant des paupières au soleil, et ce malgré de beaux cheveux bruns et raides qui encadraient un visage aux traits fins.

Ses mouvements étaient précis, son attitude compassée. Elle ne parlait pas beaucoup d'elle, mais Rafe savait qu'à cinq ans, elle avait eu la malchance de perdre son père. De ce fait, elle n'était pas très habituée au langage cru qu'emploient les hommes en certaines occasions, et ne connaissait rien de leurs goûts, notamment concernant le sport.

Rafe avait découvert, non sans stupéfaction, alors qu'elle travaillait depuis une semaine à peine pour lui, qu'elle ignorait jusqu'au nom des plus grands champions de base-ball.

A ce moment-là, il avait compris que sa nouvelle secrétaire avait besoin d'aide. Il fallait qu'elle sorte davantage, qu'elle cesse d'être tout le temps aussi sérieuse, aussi polie, qu'elle affiche un peu plus d'assurance, de décontraction, afin de survivre dans la grande ville. Et surtout, professionnellement, elle devait devenir plus combative au sein de l'équipe.

Or, pour atteindre tous ces buts, rien ne valait une saine compétition, s'était-il dit. N'étaient-ce pas le football et le base-ball qui l'avaient tenu lui-même à l'écart des ennuis quand il fréquentait le lycée ? Des ennuis sérieux, même ! N'étaient-ce pas la boxe et les longues parties de poker qui avaient aiguisé son intelligence, son énergie, et avaient fait de lui un homme solvable durant son stage dans la Marine ? Bien sûr que si. Et, quand il avait eu son diplôme universitaire, n'était-ce pas sa capacité à jouer le jeu des entreprises — ne lâcher prise qu'après avoir obtenu certaines clauses sur un contrat — qui l'avait conduit à ce poste, dans la compagnie Kane Haley ? Evidemment.

Donc, chic type comme il l'était, Rafe avait décidé de prendre Lauren sous son aile protectrice. A peu près tous les deux mois, il l'initiait à une nouvelle activité sportive afin d'élargir ses connaissances et de lui permettre de s'affirmer. Il lui avait ainsi appris à jouer au hockey. Au tennis, également. Et au base-ball. Le tout, dans l'enceinte de son bureau.

Mais ce qui plaisait le plus à Rafe, c'était le basket-poubelle.

Voilà un sport qui nécessitait de l'adresse ! se disait-il. Non que Lauren en fût dotée, d'ailleurs, car sa perception de la distance était lamentable, et son sens de la coordination ne valait guère mieux.

Mais Rafe ne se décourageait pas pour autant, certain qu'il finirait par trouver quelque chose qui convienne à sa secré-taire.

Lauren était longue, mince, avec de jolies jambes. Un corps qu'il aurait jugé plutôt athlétique, avant de le mettre à l'épreuve.

Il lui lança la petite balle en mousse orange qu'il rangeait dans un pot de fleurs, à côté de la fenêtre, et secoua la tête en la regardant essayer de l'attraper.

C'était pathétique, pensa-t-il. Tout simplement pathétique. Mais il n'allait pas pour autant se décourager. Il s'investirait à fond dans la partie. D'ailleurs, si elle rechignait à jouer, au début — parce qu'elle avait des notions surannées de ce qui se faisait ou non sur son lieu de travail —, quand elle s'y mettait, sa nature compétitive balayait tout le reste. Elle avait horreur de perdre, et participait à chacune de ces épreuves ridicules avec la ferme intention de gagner.

Rafe réprima un sourire, en la voyant jauger d'un air méfiant l'installation du panier.

— Vous ne l'auriez pas mis plus loin que d'habitude ? s'enquit-elle en remontant ses lunettes.

— Non.

— Mais… Rafe !

Les yeux écarquillés, elle le regarda enlever sa veste.

— Que faites-vous ? M. Haley…

—… se soucie comme d'une guigne de ma tenue, tant que je m'acquitte des tâches qui me sont confiées ! Ce qui est le cas.

Un sourcil levé, il retroussa les manches de sa chemise blanche sans cesser de la dévisager.

— Vous n'imaginez tout de même pas que je vais jouer en costume, non ?

— Pourquoi pas ? Avec ou sans, vous allez me battre et vous le savez.

Cette remarque lui valut en retour un regard lourd de reproches.

— Il me semble que je vous laisse toujours une chance, non ?

Alors qu'elle ouvrait la bouche pour s'indigner, il précisa :

— Je me place toujours deux fois plus loin que vous pour lancer.

— Comme si ce genre de chose comptait…, grommela-t-elle.

Elle remua le bras, comme si elle s'entraînait à lancer la balle, et ajouta :

— En fait, vous êtes un sadique : vous insistez pour jouer avec moi uniquement pour avoir le plaisir de me battre.

Rafe réprima un nouveau sourire. Sa secrétaire n'avait pas coutume de se plaindre et jouait d'ordinaire murée dans un silence résigné.

Il aurait pu répliquer que cela lui importait peu de gagner, qu'il prenait surtout plaisir à voir la détermination la transfigurer soudain. Mais il préféra se taire et l'observer.

Car, en quelques secondes, elle était devenue une autre personne. De toute évidence, elle avait oublié l'arrivée imminente de Kane Haley, et s'était départie de cet air distant et grave que son statut de secrétaire lui imposait.

Les yeux plissés, elle concentrait toute son attention sur le but à atteindre.

— Prête ? murmura-t-il.

Elle acquiesça, et s'apprêtait à lancer la balle en mousse quand Rafe s'exclama :

— Attendez !

La jeune femme s'immobilisa aussitôt et posa sur Rafe un regard affolé.

— Que se passe-t-il ? Vous… avez entendu M. Haley arriver ?...

— Mais non, calmez-vous. Nous avons juste oublié de faire un pari.

— Il est hors de question que je me livre à ce genre de pratique ! Parier relève de l'illégalité.

— Voyons, Lauren, est-ce que je vous proposerais de faire quelque chose d'illégal ?

Elle était sur le point de hocher la tête quand il reprit :

— Non, bien sûr. J'avais en tête un simple pari entre amis… Disons plutôt, un échange de services.

— Quel genre de service ? insista-t-elle, méfiante.

— Oh, je ne sais pas trop…

Il fit mine de réfléchir.

— Si vous gagnez, je pourrais par exemple vous remettre un chèque destiné à ce foyer d'accueil pour femmes en détresse dont vous vous occupez. Un chèque *conséquent*.

Il ne jugea pas utile de lui préciser que le chèque était déjà libellé à l'ordre de l'association chargée de collecter les fonds et que, quoi qu'il arrive, il le lui donnerait avant Noël.

Autant laisser ce stimulant agir, se dit-il.

Le regard de la jeune femme fut d'ailleurs prompt à s'illuminer. Et tout aussi prompt à reprendre son expression inquiète.

— Et si je perds ?…

— Si vous perdez, vous devrez faire quelques courses de Noël à ma place. Choisir des cadeaux pour quelques amis.

— Quels amis ?

— Je ne sais pas… Pour Barbara, peut-être. Et Maureen. Et sans doute aussi Nancy.

Lauren affichait à présent un air plus désapprobateur et guindé que jamais, et Rafe avait un mal fou à contenir son envie de rire. Il lui avait demandé la semaine précédente de choisir des cadeaux pour les femmes avec lesquelles il sortait de façon régulière, et elle lui avait rétorqué « qu'offrir un cadeau était quelque chose de personnel », et « qu'elle préférait ne pas s'en charger à sa place ».

Il l'avait écoutée en opinant du chef, mais comme il n'avait pas la moindre idée de ce qui ferait plaisir à ses amies, et qu'il

14

détestait acheter des cadeaux, il s'était promis de remettre la question sur le tapis.

Et maintenant, il ne lui laissait guère le choix. Ce centre d'accueil pour femmes comptait beaucoup pour elle. Elle s'investissait souvent dans des bonnes œuvres : l'église, des organismes caritatifs, la crèche qui serait bientôt inaugurée dans l'enceinte même de l'entreprise Kane Haley. Tout ce qui était susceptible d'améliorer la vie d'autrui retenait son attention. Il était donc impossible qu'elle ne soit pas motivée par une éventuelle donation.

— Alors, qu'en dites-vous ? s'enquit-il néanmoins. Il vous suffira de choisir quelques objets qui plaisent en général aux femmes. Je vous remettrai des chèques — signés d'avance, bien sûr.

— Très bien, lui répondit-elle en pinçant les lèvres.

Cette fois, il avait *vraiment* réussi à l'agacer, se dit-il en la regardant prendre un stylo avec une lenteur délibérée pour noter quelques mots sur son calepin.

A la suite de quoi, elle reprit sa position initiale, face au panier, lança la balle et manqua le but de près d'un mètre.

Rafe se fit violence pour ne pas laisser libre cours à son hilarité. Traits tendus, poings serrés, Lauren était l'image même de la frustration.

— Oh, quel dommage ! se lamenta-t-il, feignant la commisération. Voyons si j'arrive à faire mieux…

Comme il l'avait promis à Lauren, il recula afin de doubler la distance qui le séparait du but. Puis, d'un geste désinvolte, il lança la balle à son tour. Celle-ci partit droit vers le panier et retomba dans le filet en un arc de cercle parfait.

Rafe réprima à grand-peine un cri de triomphe. Il se trouvait particulièrement bon. Il décocha un regard en coin à sa secrétaire, afin de s'assurer qu'elle avait apprécié la prouesse, et son sourire se figea sur ses lèvres.

La jeune femme paraissait mal en point. Elle était désormais livide et, au moment où il l'observait, il la vit grimacer en portant les mains à son ventre.

— Vous ne vous sentez pas bien, Lauren ?

— Mais si, lui répondit-elle d'une voix étranglée. Une douleur abdominale, rien de plus.

Les sourcils froncés, il l'examina.

— Quel genre de douleur ? Comme une crise d'appendicite ?

— Non. Ça va, je vous assure…

— Il y a une épidémie de grippe.

— Ce n'est rien. Rien du tout.

Au moment même où elle prononçait ces mots, elle fut prise d'une nausée si violente qu'elle n'eut que le temps de quitter la pièce au pas de course.

2.

Lorsque, quelques minutes plus tard, Lauren regagna son bureau, elle se sentait tellement mieux qu'elle comptait bien terminer sa journée de travail. Puis, elle vit Rafe adossé au mur, qui l'attendait dans le couloir, pour lui donner son sac et son manteau.

— Bien, allons-y ! dit-il en lui tendant son vêtement. Vous êtes souffrante, et je vous raccompagne chez vous.

— Je ne suis pas malade ! protesta-t-elle, prête à regagner son poste.

Mais Rafe s'y prit de telle sorte que, sans même s'en apercevoir, elle se retrouva avec son manteau sur le dos.

— C'est ridicule ! Je me sens beaucoup mieux…

— J'en suis ravi.

La tenant fermement par le bras, il la guida néanmoins vers l'ascenseur, et ne consentit à la lâcher que lorsque les portes se furent refermées sur eux.

— Vous ressemblez à un fantôme, déclara-t-il alors. Je vous ramène chez vous. Je préfère que vous ne conduisiez pas.

— C'est ridicule. M. Haley…

—… comprendra très bien. Je lui ai laissé un message expliquant que vous n'étiez pas au mieux de votre forme. Comme nous sommes vendredi, vous aurez tout le week-end pour vous reposer.

Elle ouvrit la bouche, prête à protester de nouveau, mais se tut en rencontrant le regard déterminé de son interlocuteur.

Ce regard, elle ne le connaissait que trop. C'était celui qu'il avait quand il était résolu à remporter un marché. Autrement dit, il était inutile qu'elle perdre son temps en palabres. Il ne lâcherait pas prise.

— Je peux prendre un taxi, hasarda-t-elle néanmoins. Ou l'autobus. Peut-être même que Jay pourra m'accompagner.

— Qui est Jay ? lui demanda Rafe, un sourcil levé.

— La personne qui occupe l'appartement voisin. C'est Jay qui m'a amenée ce matin au bureau.

— Pourquoi ? Votre voiture a des problèmes ?

L'ascenseur s'arrêta au quatorzième étage, et les portes s'ouvrirent dans un doux chuintement pour laisser entrer un autre passager.

— Elle avait du mal à démarrer, et Jay m'a proposé…

Mais elle fut interrompue par une voix sensuelle.

— Oh… Bonjour, Rafe.

Lauren se tourna vers les portes qui venaient de livrer passage à une grande blonde aux allures sophistiquées. Celle-ci entra dans la cabine sans cesser de fixer Rafe d'un air dévorant.

— Bonjour Nancy, répondit-il en souriant, tandis que la nouvelle venue se glissait à côté de lui.

Cette Nancy était donc celle pour laquelle elle devrait choisir un cadeau, pensa Lauren, tout en gardant les yeux rivés sur les portes tandis que les deux autres occupants échangeaient des plaisanteries.

Les trois silhouettes se reflétaient sur l'acier luisant des portes coulissantes, ce qui permettait à la jeune femme d'avoir une vision d'autant plus précise de la situation que Rafe ne se préoccupait plus d'elle, tant la jolie blonde semblait le fasciner. Attention que cette dernière lui rendait bien, en l'occurrence.

18

Mais qu'y avait-il là de surprenant ? s'objecta Lauren. La dénommée Nancy était très attirante dans un tailleur bleu lavande qui mettait en valeur ses formes féminines. Elle portait de fins escarpins à talon, était bien maquillée, bien coiffée, et un léger nuage de Channel n° 5 l'enveloppait. Une veste en fourrure beige posée sur les épaules complétait cette tenue élégante. Elle avait une dizaine d'années de plus que Lauren, qui venait de fêter ses vingt-quatre ans, et d'elle émanait toute l'assurance gagnée au cours de cette décade.

Quant à Rafe, il était tout simplement irrésistible, reconnut Lauren tout en lui décochant un regard en coin. Comparés au blanc de sa chemise, ses cheveux et ses yeux paraissaient plus sombres encore. La coupe sobre de son manteau anthracite accentuait l'aspect viril de ses traits rudes. Il souriait toujours, et les rides autour de sa bouche et de ses yeux conféraient plus de charme encore à ce beau visage masculin.

Elle détourna le regard pour examiner l'image que lui renvoyait l'acier poli des portes. Avec son pardessus marron en forme de sac, son écharpe nouée n'importe comment, ses chaussures plates et ses cheveux qui pendaient comme des spaghettis, elle ressemblait à un tronc d'arbre.

— Que fais-tu dans le quartier ? demandait Rafe à Nancy.

— J'avais rendez-vous avec mon comptable, au quatorzième, et je me suis dit que j'allais passer te voir pour te proposer de déjeuner avec moi.

Oh ! mauvais calcul, songea Lauren qui savait que Rafe n'encourageait pas ses conquêtes à lui rendre visite sur son lieu de travail.

Cela leur donnait des « droits territoriaux », lui avait-il dit un jour en guise de commentaire.

Et, en effet, elle remarqua que le regard de son patron devenait plus froid.

— J'ai eu beaucoup de travail, déclara-t-il d'une voix cependant aimable.

Mais la blonde n'envisageait apparemment pas d'en rester là.

— Tu as toujours mon numéro de téléphone, n'est-ce pas ?

Elle s'était encore rapprochée de lui, et lui avait posé une main sur le bras.

— Oui, lui répondit Rafe, un sourcil levé.

Exaspérée par cette conversation qu'elle était obligée d'écouter, Lauren lâcha alors un soupir qu'elle s'empressa de dissimuler derrière une quinte de toux.

— Désolée, grommela-t-elle tandis que Rafe et sa compagne se retournaient vers elle.

Sous le regard de Rafe, elle fixa la pointe de ses chaussures.

— Voici ma secrétaire, déclara-t-il, comme s'il se rappelait soudain la raison pour laquelle il se trouvait dans cet ascenseur.

Il lui passa un bras autour des épaules afin de la faire pivoter vers eux.

— Je pense que tu as dû lui parler par téléphone, reprit-il. Lauren, Nancy. Nancy, Lauren.

Cette dernière tendit poliment la main à la jolie blonde, qui la serra à contrecœur quand Rafe ajouta :

— J'ai bien peur de devoir décliner ta proposition pour le déjeuner. Je raccompagne Lauren chez elle. Elle est souffrante depuis ce matin. Migraine, nausées…

Comme si elle craignait la contagion, Nancy s'écarta brusquement. Puis, cherchant de toute évidence un moyen de fuir, elle appuya sur l'un des boutons de l'ascenseur, lequel ralentit et s'arrêta.

— Je… dois passer voir quelqu'un à cet étage. A bientôt, Rafe. Appelle-moi !

Les portes se refermèrent, et l'ascenseur poursuivit sa course vers le rez-de-chaussée. Lauren se tourna alors vers Rafe qui arborait un air innocent.

— Je vous serais reconnaissante, à l'avenir, de ne plus m'utiliser comme une sorte de répulsif pour blondes parfumées ! lança-t-elle, les poings sur les hanches.

Sans pouvoir cacher son amusement, il la dévisagea, faussement scandalisé.

— Moi ? Mais que dites-vous là, Lauren ? Jamais une idée pareille ne m'effleurerait l'esprit...

— Certainement !

Agacée par ces singeries, elle reporta son attention sur le tableau où s'alignaient les boutons des différents étages.

— Je pense avoir perdu assez de temps, maintenant ! J'aimerais retourner travailler, si vous n'y voyez pas d'inconvénient.

— Eh bien, si !

Il la retint par le poignet, l'empêchant ainsi d'appuyer sur le bouton qui les ferait remonter. L'ascenseur s'arrêta de nouveau, et les portes s'ouvrirent sur le grand espace du rez-de-chaussée. Rafe prit alors la jeune femme par le bras et l'entraîna vers la sortie, où ils furent accueillis par le vent glacé de décembre. Sur le trottoir, un stand de l'Armée du Salut avait été dressé. La musique de Noël qu'il diffusait couvrait à peine le bruit de klaxons, crissements de pneus et autres, qui étaient le lot quotidien de cette avenue très passante.

Comme Lauren se mettait à glisser sur le sol verglacé, Rafe accentua sa prise pour l'empêcher de tomber.

— Vous auriez dû mettre vos bottes au lieu de ces chaussures, murmura-t-il avec un regard désapprobateur pour les chaussures en question.

— Vous ne m'en avez pas laissé l'occasion ! protesta-t-elle. Elles sont rangées sous mon bureau.

Sur ce, elle remonta son écharpe pour protéger son visage du froid tout en pestant intérieurement contre Rafe. C'était bien de lui ! Lui administrer des reproches alors que lui seul était coupable...

Comme elle glissait de nouveau, il la prit par la main et lui passa un bras autour de la taille, la soulevant presque de terre tandis qu'ils avançaient.

— Et vos gants, où sont-ils ? Rangés sous le bureau, aussi ? railla-t-il gentiment.

Lauren serra les lèvres. Il savait bien que ce n'était pas le cas, puisqu'il lui avait reproché ce matin-là à son arrivée de ne pas en porter. Mais elle préféra concentrer son attention sur ses difficultés à marcher, plutôt que lui répondre.

Lorsqu'ils atteignirent son luxueux véhicule noir, elle essaya une fois de plus de le convaincre qu'elle était tout à fait capable de rentrer seule chez elle, mais il l'ignora, ouvrit la portière et l'invita à s'installer.

Lauren s'exécuta avec un soupir résigné. Les bras croisés, elle se tourna vers la fenêtre pour regarder défiler le spectacle des rues en cette fin d'année. Rafe prit place à côté d'elle, et mit un CD avant de démarrer. Un air de rock jaillit soudain des haut-parleurs, et ce fut en battant la mesure sur le volant que Rafe sortit du parking.

Lauren l'observa à la dérobée, tandis qu'il conduisait avec aisance au milieu des files de voitures. Comme toujours, il paraissait sûr de lui. Il savait où il allait, ce qu'il voulait.

La jeune femme ne prit pas la peine de lui donner des indications pour rejoindre son appartement. N'était-ce pas lui qui le lui avait trouvé ? Elle travaillait pour lui depuis quelques semaines à peine quand il avait décrété qu'elle habitait un quartier « dangereux », et devait donc déménager. Il lui avait recommandé celui où elle vivait à présent, qu'il jugeait bien plus sûr. Rafe avait grandi dans la ville et connaissait bien Chicago.

Le loyer de son appartement actuel dépassait le budget qu'elle s'était fixé pour se loger, mais, après avoir entendu à la radio les récits d'horribles faits divers qui avaient ensanglanté le secteur, elle avait fini par se rendre à la raison.

Manifestement ravi de sa victoire, il l'avait aidée à déménager. Puis, il n'était plus revenu chez elle jusqu'au Noël suivant, où il avait sonné à sa porte pour lui apporter un sapin. Il avait fait de même le Noël d'après, et Lauren se demandait s'il réitérerait cette année. Elle essayait de trouver une façon polie de lui poser la question — sans lui donner l'impression qu'elle attendait de lui qu'il lui offre un sapin —, quand il freina devant son immeuble.

Elle se réjouissait que le trajet soit terminé, et réprima un soupir de soulagement. Rafe pouvait désormais retourner travailler.

Prête à ouvrir la portière, elle se tourna vers lui.

— Je vous suis très reconnaissante de…

— Ne bougez pas, lui ordonna-t-il en coupant le moteur. Je vous accompagne chez vous.

L'ancienne maison de style victorien avait été divisée en quatre appartements : deux au rez-de-chaussée, deux à l'étage. Lauren occupait l'un de ceux situés au premier.

Comme ils gravissaient l'escalier extérieur, rajouté précisément pour permettre aux locataires du premier d'avoir une entrée indépendante, la jeune femme essaya de se rappeler si elle avait mis un semblant d'ordre dans l'appartement ce matin-là, en partant, ou bien si tout était sens dessus dessous. Par malheur, la dernière option était celle qui lui paraissait la plus probable, vu qu'elle avait été malade toute la nuit et ne s'était pas levée en très grande forme.

Espérant se défaire de son chaperon, elle s'arrêta devant la porte de son appartement et sortit de son sac un trousseau de clés.

— Encore merci de…

— Donnez-moi ces clés.

Cinq secondes plus tard, il avait ouvert la porte et fait entrer la jeune femme, avant de lui emboîter le pas.

Les lèvres pincées de contrariété, Lauren passa le seuil de la grande pièce qui réunissait la salle à manger, le salon et une cuisine américaine. Un rapide regard autour d'elle la rassura. Elle était partie en laissant la vaisselle du petit déjeuner dans l'évier, et deux placards ouverts. Rien de catastrophique.

Elle leva les yeux sur Rafe, prête à le remercier de nouveau pour se débarrasser de lui, et s'aperçut qu'il fixait quelque chose : son linge à repasser, qu'elle avait entassé sur un siège. Au-dessus de la pile trônait un soutien-gorge en coton blanc, taille 85 A.

Les joues en feu, elle se rapprocha de la chaise dans l'intention de glisser le sous-vêtement sous la pile.

— Où est votre thermostat ? lança alors Rafe en traversant le salon. Dans le couloir, n'est-ce pas ? Il faudrait faire monter un peu la température.

Il disparut dans le couloir, et la jeune femme lui emboîta le pas. Elle le rejoignit au moment où il s'arrêtait devant le thermostat, situé juste à côté de la chambre — dont la porte était restée ouverte.

Quel désastre ! se désola-t-elle, honteuse, en voyant le lit défait, sa chemise de nuit en flanelle jetée en travers des draps froissés, ses sous-vêtements de la veille roulés en boule sur la moquette…

Prestement, elle se plaça devant Rafe pour refermer la porte sur ce champ de bataille.

Fort heureusement, Rafe ne semblait pas avoir vu le désordre. Après avoir réglé la température quelques degrés plus haut, il rebroussa chemin vers le salon. Lauren le suivit de nouveau, remarquant avec satisfaction qu'il paraissait cette fois prêt à quitter les lieux.

Il attendit qu'elle le rejoigne dans le petit hall d'entrée. Lorsqu'elle fut à ses côtés, elle s'éclaircit la voix et, pour la énième fois, le remercia de l'avoir raccompagnée chez elle.

Je vous en prie.

C'était vraiment très gentil de votre part.

— Vous voulez peut-être vous coucher…

Les yeux écarquillés, elle porta une main à sa gorge.

— *Non !* Je veux dire… oui. Enfin… dès que vous serez parti.

La lueur moqueuse qui dansa dans le regard de Rafe la fit encore plus rougir.

Il ne lui avait évidemment pas proposé… ce qu'elle avait cru ! se dit-elle avant de se traiter d'idiote.

D'instinct, elle leva les mains pour cacher ses joues enflammées… mais fut prompte à les baisser quand elle s'aperçut qu'elle tenait toujours son soutien-gorge en coton blanc.

Rafe aurait désormais tout le loisir de se moquer d'elle, se dit-elle en cachant précipitamment l'objet compromettant dans son dos. Il adorait la taquiner, et elle venait de lui fournir de nouveaux éléments qu'il saurait utiliser à bon escient.

Lauren attendit la première boutade qui ne tarderait guère à arriver, mais il ne souffla mot.

Sans doute avait-il peur de devenir un peu trop scabreux, se dit-elle. Ou alors, il n'aimait pas tirer sur les ambulances. Ou peut-être était-il en train de penser à Kane Haley qui devait en ce moment même l'attendre dans son bureau.

— Je m'en vais, dit-il enfin. Mettez-vous au lit sans plus tarder.

Il se rapprocha de la porte, mais, avant d'ouvrir, il se retourna pour ajouter :

— Et, si vous ne vous sentez pas mieux lundi, restez chez vous. C'est un ordre, Lauren.

Elle fut si soulagée de s'en être enfin débarrassée qu'elle ferma la porte à double tour derrière lui et lâcha un long soupir.

Rafe riait encore intérieurement quand il sortit de l'ascenseur pour rejoindre son bureau. Il n'avait jamais vu sa secrétaire aussi mal à l'aise.

Fallait-il qu'elle soit niaise, parfois ! se dit-il. Quelle affaire, pour un simple soutien-gorge ! Que s'imaginait-elle ? Qu'il n'en avait jamais vu ?

Il oublia tout du comportement désuet de Lauren quand, en entrant dans son bureau, il trouva le P.-D.G. de la firme qui l'y attendait. Assis sur le bord de sa table de travail, Kane Haley consultait un document, les sourcils froncés.

Rafe enleva son manteau et avança vers lui, la main tendue.

— Désolé, Kane. J'espère que tu n'attends pas depuis trop longtemps. Tu n'as pas eu mon message ?

— Si. C'est d'ailleurs pour cette raison que j'attends, lui répondit Kane en se levant. Comment va Lauren ?

— Lauren ?...

Surpris par la question, Rafe haussa les épaules.

— Eh bien… elle n'est pas très en forme.

Kane baissa les yeux sur la feuille qu'il tenait toujours à la main, et hocha la tête. Rafe s'aperçut alors qu'il s'agissait du message qu'il lui avait laissé.

— Tu me précises sur cette feuille qu'elle souffre de maux de ventre.

— En effet, acquiesça-t-il, tout en se demandant si Kane ne soupçonnait pas la jeune femme d'avoir joué la comédie pour

26

pouvoir rentrer plus tôt chez elle. Elle était livide, visiblement mal en point. Elle ne mentait pas, si c'est là ce que tu crois.

Kane froissa la feuille et la lança dans la corbeille à papier, que Rafe avait laissée au beau milieu de la pièce. Puis il se rapprocha de la fenêtre et contempla la vue de la grande ville.

— Ce que je crois plutôt, dit-il lentement, c'est que Lauren est peut-être enceinte.

3.

— *Enceinte, ma secrétaire* ? répéta Rafe, stupéfait. D'où te vient cette idée absurde, Kane ?

— Tu as bien écrit qu'elle avait des maux de ventre, non ?

— Oui, mais…

— Est-ce qu'elle t'a donné l'impression d'être très fatiguée, ces derniers temps ? Le matin surtout. Et d'humeur bizarre.

Rafe marqua une pause. Lauren lui semblait bien un peu plus sérieuse qu'à l'accoutumée. Distraite aussi, parfois. Absente, même.

— Certes, répondit-il d'un ton sec, mais parce qu'elle a sans doute attrapé ce virus grippal qui sévit depuis quelques semaines.

Kane haussa un sourcil.

— Est-ce qu'elle présentait les autres symptômes d'une grippe ? De la fièvre, des migraines ?

Rafe médita l'objection.

En fait, se dit-il, la jeune femme avait les mains glacées ; et elle était très pâle… avant que ses joues ne virent au cramoisi, bien sûr. Réflexion faite, elle ne paraissait pas grippée. Alors, était-il possible qu'elle… ? Mais non, c'était ridicule !

— Cela ne signifie pas pour autant qu'elle est enceinte, répliqua-t-il.

Agacé, tant par Kane que par lui-même, il eut un petit rire.

— Lauren n'a pas de petit ami. Qui serait le père de cet enfant mythique ?

— Moi.

Cette conversation — étrange depuis le début — devint soudain logique pour Rafe. Trop logique.

Face à ce que cela impliquait, il serra les mâchoires. Il avait toujours apprécié Kane. Il le considérait comme un homme intelligent et droit, pour lequel il prenait plaisir à travailler. Il savait que celui-ci avait une vie sociale très active. Mais de là à…

— Dois-je comprendre que… tu as eu une aventure avec Lauren ? demanda-t-il d'une voix étranglée à son patron ?

— Dieu du ciel, non ! protesta celui-ci, choqué. Je n'ai même jamais approché cette jeune personne.

Il plissa les yeux et enveloppa son interlocuteur d'un regard sagace avant d'ajouter :

— De ce fait, si tu envisages de me donner un coup de poing, tu peux y renoncer !

Jambes tendues, poings serrés, Rafe ne s'était pourtant pas aperçu qu'il envisageait d'en arriver là. Contrarié, il glissa aussitôt les mains dans les poches de sa veste.

— Oh… Mais, si tu n'as pas couché avec elle, comment pourrait-elle porter ton enfant ?

— Elle ne le porte peut-être pas. En tout cas… rien ne me permet d'en être sûr !

Kane fit les cent pas dans la pièce avant de revenir se poster devant la fenêtre.

— Il se trouve que quelqu'un porte mon enfant, dans cette entreprise. J'essaie seulement de savoir *qui*.

Le silence s'étira. Lorsque Kane se tourna enfin, Rafe avait un sourire indulgent aux lèvres.

— Inutile de me regarder de cette façon, mon vieux ! Je ne suis pas fou. Pas encore, du moins…

Il soupira, se passa la main dans les cheveux, et reprit :

— Te souviens-tu de mon ami, Bill Jeffers, qui était atteint d'un cancer ?

Décontenancé par ce brusque changement de sujet, Rafe hésita avant de hocher la tête. Oui, il se rappelait Jeffers. L'homme en question était à peine plus âgé que lui — ou que Kane, du reste.

— Quand Bill a appris qu'il était malade, poursuivit ce dernier, il est allé à la Clinique de reproduction de Lakeside pour y faire un dépôt de sperme. Il voulait assurer sa descendance, au cas où la radiothérapie aurait sur lui des effets indésirables. Je l'ai accompagné pour le soutenir moralement… et pour faire une donation, au cas où il en aurait besoin.

Kane soupira de nouveau et se remit à déambuler dans le bureau.

— Grâce au ciel, cela n'a pas été le cas. Il se trouve qu'il se porte comme un charme et que sa femme est enceinte — par voie naturelle, dois-je préciser ! Elle accouchera en juin.

— Je m'en réjouis pour eux, déclara Rafe, sincère. Mais je ne saisis pas très bien le lien entre cette histoire et Lauren…

— Il n'y en a aucun. A moins que…

Kane secoua la tête et glissa de nouveau les doigts dans son épaisse chevelure brune.

— Quand Bill m'a appelé pour m'annoncer que sa femme était enceinte, j'ai contacté la clinique afin que mon don soit éliminé du circuit. J'ai alors appris qu'il était trop tard. Il semblerait que l'établissement ait commis une erreur, et pas des moindres ! Les flacons portant une étiquette à mon nom avaient déjà été utilisés… et par une femme d'ici. Un membre du personnel de la clinique a vu écrit « Entreprise Kane Haley » sur le formulaire, et a cru devoir fournir ce qui était réservé à Bill.

— Bon sang ! s'exclama Rafe, sidéré.

— Comme tu dis… Comble de malheur, les responsables de l'établissement s'obstinent maintenant à me cacher l'identité de la jeune femme qui a finalement bénéficié de ma donation, sous prétexte qu'ils sont tenus au secret et que, s'ils enfreignaient cette règle, ils seraient dans l'illégalité. Ils ne tiennent pas compte de mes propres droits : savoir *qui* porte mon enfant. Je me suis, bien sûr, adressé à un avocat, qui est chargé d'étudier ce cas assez particulier, mais, pour ne rien te cacher, je traverse une période des plus difficiles. As-tu remarqué que le pourcentage de personnel féminin était très élevé, chez nous ?

Rafe enveloppa son patron d'un regard empreint de sympathie et hocha la tête.

— A présent, reprit Kane, la mine sombre, chaque fois que l'une de mes employées grossit, est d'humeur changeante ou se plaint de nausées, je ne peux pas m'empêcher de me demander si…

—… c'est *elle* ? acheva Rafe.

Kane hocha la tête tandis que son interlocuteur analysait ce qu'il venait d'entendre.

C'était là une bonne action que le P.-D.G. de l'entreprise payait cher ! se dit-il. Et il était compréhensible que celui-ci traverse une période difficile. A sa place, n'importe qui aurait été sur des charbons ardents. Et avec ce sens des responsabilités surdéveloppé qui lui était propre, Kane prenait tout cela trop à cœur. Ne cherchait-il pas à savoir qui portait l'enfant qu'il n'avait pourtant pas voulu avoir ? Mais il y avait peu de chance que ses recherches aboutissent, et il fallait le lui dire.

Par amitié, il ne cacha donc pas ce qu'il pensait.

— Tu sais, Kane, j'ai bien peur que tu ne perdes ton temps. Tu ne découvriras probablement jamais l'identité de cette femme, si c'est là ce qu'elle souhaite. Et, en supposant que tu y parviennes, elle risque de ne pas apprécier ton intervention. Surtout si elle est mariée…

— Et si elle n'est pas mariée ? Si elle a besoin d'aide pour élever cet enfant ? *Mon* enfant ! Et s'il a, lui, besoin de moi ? Je ne peux tout de même ignorer ces faits et continuer à vivre comme « avant » ?

Rafe n'était pas en mesure de répondre à toutes ces questions, mais il pouvait en revanche rassurer son patron sur un point : il était prêt à parier sa Porsche que Lauren n'était pas celle qu'il cherchait.

— Ce n'est pas Lauren, déclara-t-il.

Et il eut aussitôt l'impression de se sentir plus léger.

Kane vint se placer en face de lui.

— Qu'en sais-tu ? A moins que tu n'aies avec elle une relation autre que professionnelle ?

— Bien sûr que non ! répliqua Rafe, surpris par l'objection. C'est une fille charmante, mais de là à la voir en dehors des heures de bureau...

— Je te trouve pourtant très protecteur envers elle, insista Kane, sans le quitter du regard.

— Du tout. Pas de façon personnelle, en tout cas.

Rafe réprima un soupir d'agacement.

Un homme ne pouvait donc pas se soucier du bien-être d'une femme — de sa secrétaire, en l'occurrence — sans qu'on attribue une tout autre connotation à cet intérêt ? se dit-il avant de s'aviser que Kane le fixait toujours, l'air sceptique.

Il jugea donc nécessaire d'ajouter :

— Il s'avère que sa mère est décédée peu de temps après son arrivée à Chicago. Lauren n'a pas l'habitude de vivre seule. Elle est gentille, mais aussi un peu naïve. En outre, ce n'est pas parce que je me rebelle contre le fait qu'un homme plus âgé — et donc plus expérimenté qu'elle — profite de... Qu'y a-t-il ? Pourquoi me regardes-tu de cette façon ? Ai-je dit quelque chose de drôle ?

— Non, non, lui répondit Kane, sans même essayer de cacher son amusement. Mais tu dois reconnaître que, venant de toi…

Rafe haussa un sourcil.

— Que veux-tu dire par là ? Mes petites amies savent toutes à quoi s'attendre avec moi.

C'était une règle à laquelle il ne dérogeait pas. Ainsi, il évitait tout malentendu.

— Si tu ne sors pas avec Lauren, comment peux-tu être si sûr qu'elle n'est pas enceinte ?

— Parce qu'elle n'est pas le genre à décider de faire un enfant pour l'élever seule, voilà pourquoi ! Ecoute, Kane, je travaille avec elle depuis trois ans. Je pense n'avoir jamais connu quelqu'un qui ait une mentalité aussi classique et traditionnelle. Si elle voulait être mère, elle se marierait d'abord.

— Mmm… Tu en es sûr ?

— Archi-sûr. En tout cas, elle ne s'adresserait pas à une banque de sperme. Elle a grandi sans son père. Nous en avons parlé un jour, et elle m'a expliqué combien cela lui avait été difficile.

Pour sa part, Rafe gardait le souvenir de deux « pères » à la main leste, dans des familles d'accueil où on l'avait placé suite à la mort de sa mère, mais n'en parlait jamais.

Au demeurant, ses arguments et la fermeté avec laquelle il avait plaidé la cause de Lauren semblèrent convaincre Kane, car ce dernier abandonna ce sujet pour aborder celui du dernier rachat que Rafe était en train d'orchestrer.

Mais, finalement, voyant que son patron avait de toute évidence l'esprit ailleurs, Rafe lui proposa d'attendre le retour de Lauren qui s'occupait du dossier, pour refaire le point en toute connaissance de cause.

— Très bien, reportons donc cette réunion. Quand reviendra-t-elle ?

— Sans doute lundi. J'ai entendu dire que ce virus était foudroyant mais bref, précisa-t-il, insistant ainsi sur le fait que Lauren ne pouvait en aucun cas être la femme qu'il cherchait.

Cette dernière remarque lui valut un long regard de son patron.

— Es-tu certain… ?

— Oui.

Après avoir hoché la tête, Kane se dirigea vers la porte et quitta la pièce.

Songeur, Rafe reprit place à son bureau. Bien calé dans son siège, il fixa la porte par laquelle venait de sortir Kane Haley. L'homme lui inspirait une profonde sympathie, tant il semblait vivre dans l'angoisse.

Si Kane découvrait un jour l'identité de la femme en question, et apprenait qu'elle avait besoin d'aide, irait-il jusqu'à l'épouser ? se demanda Rafe, avant d'espérer que son patron ne serait tout de même pas fou à ce point.

Non que lui-même fût contre le mariage ! s'objecta-t-il. C'était là une institution qui convenait à certains. A d'autres que lui. Une épouse représentait sans doute un atout supplémentaire dans la carrière d'un homme. Surtout si elle était de bonne famille, riche, séduisante, et avait une foule de relations. Ce portrait correspondait fort bien à Maureen, à Barbara ou à Nancy. Mais il n'avait pas l'intention de franchir un tel pas. Et il ne se laisserait pas non plus prendre au piège… comme Kane.

Les sourcils froncés, il songea aux révélations que venait de lui faire son patron.

Comment la clinique avait-elle pu commettre une erreur de cette envergure ? se demanda-t-il, indigné. Peut-être qu'une femme avait eu vent de la « contribution » de Kane, et avait demandé exprès les flacons portant son nom ? Après tout, le P.-D.G. de l'entreprise était riche, puissant, et certaines femmes n'hésitaient pas à user de la grossesse comme stratagème pour arriver à leurs fins.

Dans ce cas encore, Lauren était hors jeu. Il n'était pas sûr d'avoir convaincu Kane, mais il n'avait, lui, pas le moindre doute. Il connaissait bien la jeune femme. Peut-être même mieux que quiconque. Ils avaient bavardé plus d'une fois ensemble, en l'espace de trois ans, et des liens d'amitié s'étaient tissés entre eux.

Non, Lauren n'agirait jamais ainsi ! se répéta-t-il. Jamais elle ne tendrait un piège à un homme pour le conduire au mariage.

Cela dit, il comprenait pourquoi Kane la soupçonnait de vouloir un enfant. Quand l'une des employées de l'entreprise était venue leur présenter son nouveau-né, le visage de Lauren s'était illuminé. Elle avait admiré le bébé, l'avait cajolé, et s'était même enhardie à le prendre dans ses bras, geste que Rafe avait trouvé assez téméraire vu la fragilité apparente de cet être minuscule.

Tout bien réfléchi, se dit-il, il y avait en elle quelque chose de... pas exactement maternel, plutôt protecteur.

Un sourire aux lèvres, il posa les pieds sur son bureau, attendri à la pensée qu'elle se préoccupait même de lui. Elle trouvait qu'il travaillait trop, qu'il avait l'air fatigué... Il y avait en elle une gentillesse naturelle qui permettait de l'imaginer entourée d'une ribambelle d'enfants. Enfants qui tendaient vers elle leurs petits doigts collants, réclamaient son attention.

A cette vision, Rafe grimaça.

Quel cauchemar ! songea-t-il. Mais pas pour sa secrétaire, il était prêt à le parier. Elle serait un jour mère. Un jour lointain. Pas tout de suite. Il n'en était pas question. Comme il l'avait dit à Kane, elle n'avait même pas de petit ami. Quand il lui demandait de rester un peu plus tard au bureau, elle acceptait toujours de bonne grâce. Qui plus est, ils avaient eu tant de travail ces derniers temps qu'elle n'aurait jamais trouvé celui de rencontrer un homme, même si elle l'avait voulu.

Encore que...

En se souvenant soudain que Lauren lui avait parlé d'un voisin, un dénommé Jay Leonardo, Rafe se redressa sur son fauteuil et reposa les pieds sur la moquette. Puis il leva les yeux au ciel, agacé par sa propre contrariété.

Ce n'était pas parce que ce type l'avait accompagnée ce matin-là au bureau, qu'elle avait pour autant une relation avec lui, s'objecta-t-il. Sans quoi elle lui en aurait parlé.

Prêt à se remettre au travail, il tendit la main vers le calepin que Lauren avait laissé sur son bureau. Il allait en arracher une feuille pour y inscrire des notes quand il s'aperçut que la première page était déjà remplie. Lauren y avait dressé une liste. Il avait remarqué que c'était une coutume qui lui était chère.

Amusé, il constata que, cette fois, elle avait griffonné des petits dessins pour illustrer chaque ligne.

Apporter cadeaux aux femmes du foyer, lut-il en premier, en reconnaissant un semblant de boîte carrée enrubannée en guise de croquis. *Acheter décorations pour la fête de fin d'année de l'entreprise.* Ces mots étaient suivis de quelques boules censées être brillantes.

La troisième phrase était moins évidente à déchiffrer. Les sourcils froncés, il lut : *Ne pas oublier...* Le dessin apposé manquait lui aussi de clarté, et Rafe décida de passer à la ligne suivante. *Acheter un cadeau spécial pour Jay.*

A cette mention, il se figea.

Ainsi, se dit-il, elle allait offrir un cadeau à ce type ? Il n'était donc pas impossible qu'elle ait une relation avec lui...

Ses yeux se plissèrent davantage tandis qu'il prenait connaissance du dernier message. C'était celui qu'elle avait écrit avant le début de leur partie de basket. *Choisir des cadeaux pour les femmes de Rafe.*

36

Qu'entendait-elle par là ? se demanda-t-il, agacé par le choix des termes. Ces femmes-là n'étaient pas *les siennes* ! Pas de façon spécifique, en tout cas. Pour qui le prenait-elle ? Pour un émir doté d'un harem ? N'avait-elle pas compris que les trois jeunes femmes étaient des amies, rien de plus ? Et qu'avait-elle dessiné à côté de cette dernière phrase ?

Il rapprocha le calepin de ses yeux, le tourna dans tous les sens.

Etait-ce un cow-boy avec un lasso ? se demanda-t-il, perplexe. Ou le Père Noël avec un fouet ? Mais il y avait des cornes sur la tête du prétendu Père Noël. Bon sang, elle avait dessiné un diable !

— De quel droit… ? grommela-t-il.

Soit, il lui avait forcé la main pour qu'elle achète des cadeaux à ces femmes, mais était-ce une raison pour le transformer en Satan ?

Furieux, il essaya de relire le troisième message qui restait pour lui un mystère. Les deux mots illisibles commençaient par un B. *Ne pas oublier… les bourdons pour barbie* ? Cela ne voulait absolument rien dire.

Rafe se passa la main sur le front et fit une nouvelle tentative. Il n'était pas disposé à lâcher prise. Et soudain son estomac se tordit, comme s'il ressentait lui aussi les symptômes de cette fameuse grippe.

Ne pas oublier les biberons pour bébé ! voilà ce qu'elle avait écrit, se dit-il, atterré.

Ce soir-là à 18 heures, Lauren se sentait beaucoup mieux. Le comprimé rose au goût de craie qu'elle avait fait fondre sous la langue avait eu des effets miraculeux sur son état nauséeux. En outre, les deux heures de sieste qu'elle s'était octroyées dans l'après-midi l'avaient apaisée.

A tel point qu'à son réveil, elle avait décidé de faire un peu de ménage. Après s'être acquittée de cette tâche, elle avait pris une douche bien chaude et avait enfilé un confortable ensemble en sweat-shirt gris. Chaussée de pantoufles, elle s'était alors rendue dans la cuisine pour se préparer une tasse de thé qu'elle avait bue, postée à la fenêtre.

La nuit était tombée, et les lumières des maisons environnantes trouaient l'obscurité. Quelques gros flocons blancs voletaient.

Puis sa vision fut brouillée par la buée de sa respiration et du thé chaud sur la vitre. Du bout de l'index, elle se mit à dessiner un sapin.

Il faisait froid, dehors, se dit-elle, rêveuse. Dedans, elle était au chaud, en sécurité… et seule.

Sa main retomba, et elle fixa les contours du sapin, qui s'estompaient, se fondant déjà dans la buée.

Elle aimait être seule, se dit-elle. De plus, elle y était habituée. Elle avait toujours été une enfant plutôt introvertie. Sa mère l'appelait « ma petite rêveuse ». Elle avait toujours préféré ses livres, l'univers de ses pensées, aux activités sociales.

Bien sûr, elle n'était pas complètement seule à cette époque-là. Sa mère vivait encore. La plupart des gens avaient de la famille : des parents, des frères et sœurs, ou des oncles. A son âge, certains étaient même mariés. Sharon Davies, du service de messagerie, n'avait qu'un an de plus qu'elle et avait récemment épousé un jeune veuf. Jennifer Holder venait elle aussi de se marier, et avait déjà un bébé. Quant aux autres employées de l'entreprise, elles étaient presque toutes dotées d'un petit ami.

Mais être seule ne signifiait pas être *solitaire*, s'objecta-t-elle en redressant les épaules. Rafe, par exemple, avait lui aussi perdu ses parents — alors qu'il était bien plus jeune qu'elle. Lui non plus n'était pas marié. Et cela avait l'air de parfaitement lui convenir. Il était certes difficile de le considérer comme un introverti… Il aimait la compagnie des femmes. De *beaucoup* de femmes.

Lauren but une longue gorgée de thé, tout en se demandant avec qui il sortirait ce soir-là. Elle ne connaissait que Nancy et n'avait jamais vu les deux autres. Cependant, elle les imaginait sans aucun mal. Elles étaient sans doute plus âgées qu'elle-même, car Rafe, qui avait trente-deux ans, préférait sortir avec des femmes de son âge, ou même un peu plus âgées. Elles devaient être séduisantes, aussi, et d'un niveau social plutôt élevé.

Lauren se surprit à se demander ce que serait sa vie si elle ressemblait à ce genre de personnage. Ce qu'elle ressentirait si, en entrant dans un restaurant, elle voyait toutes les têtes se tourner vers elle. Elle avait du mal à entrer dans ce rôle. Jamais elle n'avait attiré ainsi l'attention de l'espèce masculine. Les hommes qu'elle connaissait voyaient en elle une copine, une petite sœur. Ou même un mélange des deux. Comme Rafe.

Car, pour lui, elle n'avait rien d'une *femme*.

Elle lava lentement sa tasse vide et laissa l'eau chaude couler sur ses doigts.

Comment avait-elle pu penser, même une seconde, qu'il lui proposait de coucher avec lui ? s'interrogea-t-elle, honteuse. Mais à quoi bon s'en soucier ? A l'heure qu'il était, Rafe avait très certainement oublié ce stupide incident. Tout comme il avait dû l'oublier, elle, avant même de remonter dans sa voiture.

Et alors ? lança-t-elle avec humeur.

Oui, quel besoin avait-elle de penser à lui ? s'objecta-t-elle. D'autant qu'il était peu probable qu'il passe la soirée en galante compagnie. Il était sans doute allé à son club de gymnastique, pour dépenser un peu de cette énergie qui bouillonnait en lui.

Elle soupira d'agacement en constatant qu'elle recommençait à penser à lui, et alla s'installer dans le salon dans l'espoir qu'elle pourrait s'y détendre.

Cet endroit était celui qu'elle préférait de tout l'appartement. En particulier, durant cette période de Noël. Des tapis vert mousse étaient disposés sur le parquet luisant, et elle avait placé son canapé et ses fauteuils rouge cerise face à la cheminée où flambait un bon feu. Elle avança vers l'un des fauteuils, repoussa l'ours en peluche installé à sa place préférée, et prit son ouvrage de tricot.

Alors seulement elle s'aperçut qu'elle avait oublié ses lunettes dans la cuisine. Mais, après tout, elle n'en avait pas besoin pour tricoter. Elle se mit aussitôt à l'œuvre, résolue à chasser la légère déprime qui semblait s'installer en elle ces temps derniers.

Les gestes mécaniques et le doux cliquetis des aiguilles l'apaisèrent certes, mais lui rappelèrent qu'elle devait cesser de songer autant à Rafe, qu'elle devait orienter son esprit sur d'autres sujets plus plaisants que son travail, qu'elle devait par exemple lire davantage, tricoter…

Un sourire sarcastique se dessina sur ses lèvres.

Ce n'était pas en tricotant pour Rafe qu'elle réussirait à le chasser de son esprit ! s'avisa-t-elle. D'autant qu'il serait furieux s'il devinait combien d'heures elle avait passées à confectionner ce pull-over…

Rafe n'aimait pas qu'on lui offre des cadeaux, surtout si les cadeaux en question lui paraissaient trop personnels. Mais Lauren avait tout de même décidé de lui tricoter ce pull. L'année précédente, elle lui avait tricoté une écharpe qui avait semblé lui plaire. Elle prenait beaucoup de plaisir à tricoter et, de toute façon, ne savait que lui offrir d'autre à Noël.

Cette année, elle avait donc choisi pour lui une laine à la fois douce et épaisse, d'une belle couleur chocolat qui rappelait la teinte de ses yeux, et, pour changer, s'était lancée dans le point de riz.

Tenant l'ouvrage à bout de bras, elle constata avec satisfaction qu'il ne lui restait plus que quelques centimètres pour terminer le dos.

Le pull serait fini en temps utile, se dit-elle. Avant, même. Rafe n'aurait pas à savoir que c'était elle qui l'avait fait, ni combien de temps elle y avait passé. Et moins encore combien elle avait payé toutes ces pelotes de laine d'excellente qualité. Il penserait sans doute qu'elle avait acheté ce pull dans un magasin, et elle ne le...

La sonnerie de la porte d'entrée la tira de ses pensées. Elle posa son ouvrage et se leva en souriant, convaincue qu'il s'agissait de Jay. Jay avait pris l'habitude de lui rendre tous les soirs une petite visite, et elle s'en réjouissait. Les longues soirées d'hiver passaient ainsi beaucoup plus vite.

Enchantée d'avoir de la compagnie, la jeune femme s'empressa d'ouvrir la porte.

Son sourire se figea quand elle vit l'homme qui se tenait devant elle, dans le hall dont la minuterie venait de s'éteindre. Elle ne le reconnut d'ailleurs pas tout de suite, car il était de profil. Puis il se tourna vers elle, et la lumière du salon éclaira ses traits anguleux.

Lauren retint son souffle.

Que faisait-il là ? s'interrogea-t-elle. Il avait... un air étrangement menaçant. Sans doute à cause de sa barbe naissante qui lui creusait les joues. Avec le col de son manteau relevé, son regard de braise et ses cheveux mouillés par la neige, il ressemblait à un gangster en fuite, droit issu des films en noir et blanc des années trente.

— Rafe ? murmura-t-elle.

4.

— Oui, c'est bien moi.

Elle paraissait surprise de le voir, et il ne le comprenait que trop, car il était lui-même étonné de se trouver là. Il détailla du regard la fine silhouette féminine qui se découpait à contre-jour.

En fait, toute la journée il s'était dit qu'il ne reviendrait pas chez Lauren, qu'il ne lui poserait aucune question. Car, même après avoir trouvé ces *biberons pour bébé* sur sa liste, il ne croyait toujours pas qu'elle soit celle que Kane cherchait. Il ne l'imaginait pas agir délibérément ainsi pour être enceinte.

Puis il s'était dit que ce n'était peut-être pas délibéré. Et si un individu peu scrupuleux — ce Jay, par exemple ! — avait profité d'elle et de sa naïveté ?

Au demeurant, elle avait bel et bien été malade ce matin-là, et avait avoué ne pas se sentir très bien depuis une semaine.

Par ailleurs, il s'était souvenu qu'elle s'était empressée de fermer la porte de sa chambre, comme pour lui montrer qu'elle n'avait pas envie de le voir s'incruster chez elle. Sur le moment, il avait cru que cela la gênait qu'il voie les lieux en désordre, mais il se demandait à présent si elle ne redoutait pas plutôt qu'il voie les affaires de *quelqu'un d'autre*. La chemise d'un homme, par exemple.

Sans compter qu'il avait depuis quelque temps une impression bizarre, et qu'il avait essayé d'attribuer à son imagination fertile : Lauren lui cachait quelque chose. Elle ne se montrait plus aussi confiante qu'aux premiers temps de leur collaboration. Quand elle le regardait, il lui trouvait une expression plus fermée qu'auparavant. Comme si elle avait un secret qu'elle refusait de partager.

Elle n'était d'ailleurs en rien obligée de lui parler de sa vie privée. Il la jugeait peut-être plus naïve que la plupart des femmes qu'il connaissait, mais il n'en restait pas moins qu'elle était adulte et donc capable de prendre ses propres décisions — aussi stupides fussent-elles.

Comme ouvrir sans hésiter sa porte au premier venu, se dit-il. Cela ne le concernait certes pas, mais il ne put s'empêcher d'exprimer son opinion sur le sujet.

— Vous devriez peut-être vous assurer de l'identité de votre visiteur avant d'ouvrir, non ?

— C'est ce que je fais d'habitude. Mais j'attendais quelqu'un.

— Jay, je suppose ?

La jeune femme acquiesça, et il en ressentit de l'exaspération, tout en se disant qu'elle avait bien le droit de passer son temps avec qui elle voulait, évidemment.

— Y a-t-il un problème ? Voulez-vous entrer ?

Rafe baissa de nouveau les yeux sur elle. Elle le fixait, décontenancée.

— Etes-vous venu pour une raison particulière ?

— Je me suis arrêté pour m'assurer que vous alliez bien.

Ces mots eurent sur Lauren un effet immédiat. Elle hocha la tête, un sourire radieux aux lèvres.

— Très bien même, merci.

— Parfait.

Il glissa les mains dans les poches de son manteau.

— J'en suis ravi.

Ravi, il ne l'était pourtant pas. Si elle avait été contaminée par ce virus, elle serait toujours malade ! Ces nausées matinales, en revanche…

— Je vous ai apporté ces quelques notes, que j'ai prises après mon rendez-vous avec Kane, ajouta-t-il en lui tendant une feuille pliée. Elles vous seront peut-être utiles. Nous avons décidé d'attendre votre retour pour nous réunir de nouveau.

— Oh… merci beaucoup, dit-elle, un peu déçue à la pensée qu'il ne s'était pas déplacé dans le seul but de la voir.

Mais, évidemment, Rafe était un homme très affairé, s'objecta-t-elle en prenant la feuille.

Toutefois, il ne montrait aucune intention de s'en retourner. Aussi proposa-t-elle, hésitante :

— Souhaitez-vous entrer pendant que je lis ces notes ?

Non, il ne le souhaitait pas. C'était ce qu'il avait décidé en descendant de voiture. Il lui remettrait ces notes, qui étaient strictement professionnelles, puis repartirait. La météo avait annoncé une tempête de neige, et il préférait rentrer chez lui sans tarder.

Pourtant, il s'entendit accepter.

— D'accord. Mais pas longtemps.

Il franchit le seuil et se retrouva à côté d'elle, dans le petit hall.

— Permettez-moi de prendre votre manteau.

Il le lui tendit, franchit les trois pas qui le séparaient du séjour, et regarda autour de lui. Il n'y avait là rien de suspect. Il distingua des aiguilles à tricoter posées sur l'accoudoir d'un fauteuil. Lauren était apparemment en train de tricoter un pull marron foncé. Un pull pour homme, à en juger par la taille. Dans le panier à ouvrage, il y avait trois pelotes de laine, toutes trois de ce même ton chocolat. Pas de rose ni de bleu ciel. Du marron.

Après avoir suspendu le manteau de Rafe à une patère, elle le rejoignit et, les mains croisées, lui sourit.

— Désirez-vous une tasse de thé ?

Du thé ? Il avait le thé en horreur.

— Ma foi… j'accepte volontiers.

Il suivit la jeune femme dans la cuisine et, accoudé au comptoir, balaya la pièce du regard… sans trouver la moindre trace de biberons.

— Est-ce que vous vous êtes reposée ?

— Tout l'après-midi, lui répondit-elle en ouvrant un placard.

Rafe se redressa légèrement pour inspecter le contenu dudit placard, et remarqua alors la tenue que portait Lauren. Etonné, il écarquilla les yeux. C'était bien la première fois qu'il la voyait dans des vêtements aussi décontractés. Cet ensemble en sweat-shirt gris avait connu des jours meilleurs, mais il paraissait doux au toucher. Et il était sûr qu'elle n'avait pas mis de soutien gorge sous cet ample haut. Sûr et certain, même !

— Que préférez-vous : Orange Pekoe ou Darjeeling ?

A regret, il détacha le regard du buste de la jeune femme, pour considérer les deux boîtes qu'elle lui montrait.

— Comment ?

— Quel thé préférez-vous ?

Aucun, pensa-t-il avant de répondre :

— Oh… Peu importe.

Elle prit un sachet, le mit dans une tasse et remplit la bouilloire.

Il l'observa tandis qu'elle venait poser les tasses sur le comptoir. Ses cheveux semblaient humides comme si elle s'était douchée récemment, et il sentit une bonne odeur de savon frais et de shampooing. Sa peau était claire, presque translucide, pareille à celle des enfants. Sans ses lunettes, elle paraissait plus jeune. Plus vulnérable. Presque nue…

Avait-elle coutume de recevoir cet individu répondant au nom de Jay, dans cette tenue ? se demanda-t-il, soudain troublé. Ce genre de vêtements donnait à un homme des idées folles, ne le savait-elle pas ? Quelques gestes suffiraient pour la déshabiller, l'emmener dans la chambre... Ce type avait sans doute des idées de cet ordre chaque fois qu'il la voyait !

Consciente du regard désapprobateur dont la gratifiait son visiteur impromptu, Lauren toussota, nerveuse.

Quelque chose ne lui plaisait pas, c'était évident, se dit-elle. Sa tenue, apparemment. A en juger par l'expression sévère qu'il arborait en la détaillant de pied en cap, Rafe n'appréciait guère ce vieil ensemble. Il avait sans doute l'habitude d'être reçu par des femmes vêtues de façon bien plus élégante. Ou du moins, décente !

De plus en plus mal à l'aise, elle esquissa un sourire crispé.

— Je vais peut-être me changer...

— Vous êtes très bien ainsi, lui répondit-il d'un ton sec. Je n'envisage pas de rester très longtemps.

Il porta la tasse de liquide ambré aux lèvres et réprima une grimace.

Elle était donc prête à se changer pour *lui*, qu'elle connaissait depuis trois ans, mais pas pour ce Jay ! se dit-il, amer, avant de s'objecter encore une fois que cela ne le concernait pas.

Reposant sa tasse sur la soucoupe d'un geste ferme, il déclara :

— Vous pouvez jeter un œil sur les notes que je vous ai apportées. De toute façon, je ne vais pas tarder à partir.

La jeune femme hocha la tête, prit la feuille qu'elle avait laissée sur le comptoir et la déplia. Rafe l'observa pendant qu'elle parcourait du regard les quelques lignes qu'il avait griffonnées, et s'attarda sur le bel arrondi des joues, les longs cils courbés, le nez fin.

Elle releva alors la tête, et posa sur lui ses yeux gris-bleu.

— Il n'y a pas grand-chose…

— Je le sais.

Compte tenu de la courte durée de son entretien avec Kane, il se félicitait déjà d'avoir réussi à rédiger ces quelques phrases.

— Mais j'ai pensé que vous souhaiteriez tout de même être informée de ce qui avait été dit, enchaîna-t-il, en quête d'un motif plausible pour expliquer sa visite. J'ai donc marqué l'essentiel, et j'ai décidé de vous apporter ce résumé chez vous.

En pleine tempête ! ajouta-t-il en son for intérieur.

— Afin qu'il vous soit possible de consulter cela avant votre retour au bureau. Voilà donc pourquoi je me suis déplacé jusqu'ici. Pour raisons professionnelles. Et aussi pour avoir des nouvelles de votre santé, bien entendu, lança-t-il en hâte, se rappelant soudain le prétexte qu'il avait invoqué lorsque Lauren lui avait ouvert la porte.

Elle cligna des paupières. C'était bien la première fois qu'elle entendait Rafe parler de façon aussi décousue.

— Auriez-vous bu, par hasard ? s'enquit-elle avec prudence.

— Non, évidemment ! Rien d'autre que ce mau… que le thé que vous m'avez servi. Et d'ailleurs, pourquoi me posez-vous une telle question ?

— Oh… pour rien.

Elle baissa de nouveau les yeux sur la feuille qu'elle tenait à la main.

— Je ne suis pas certaine d'avoir bien lu. Vous avez une écriture assez difficile à déchiffrer.

— Ça vous va bien ! marmonna-t-il.

La jeune femme releva la tête d'un geste brusque.

— Comment ?

Rafe garda le silence, content de l'envelopper de son regard le plus sceptique.

— Mon écriture est parfaitement lisible, dit-elle alors, sur la défensive.

— Bien sûr, bien sûr…

Quelle mouche le piquait ? se demanda-t-elle, étonnée. Pas une seule fois jusqu'ici, il ne s'était plaint de son écriture.

— C'est là tout ce que vous aviez à me remettre ? lui demanda-t-elle avec raideur.

— Oui. Il ne me reste plus qu'à repartir.

— Bien, je vous donne votre manteau… Au fait, vous n'avez pas oublié que vous avez promis à Kane de vous occuper des décorations pour la fête de Noël de l'entreprise, n'est-ce pas ?

— Je ne l'ai pas oublié.

— Il ne m'en a rien dit, mais je pense qu'il aimerait bien que vous jouiez les hôtesses cette année aussi.

— Tant mieux, j'avais trouvé cela plutôt amusant, l'an dernier.

Rafe avait récupéré son manteau mais le tenait toujours sur le bras, et n'avait toujours pas fait un seul pas en direction de la porte.

— Vous allez être très occupée, d'autant que nous avons ce voyage d'affaires prévu dans quinze jours…

Cette fois, elle se contenta de hocher la tête. Mais Rafe ne bougeait toujours pas. Elle avait même l'impression qu'il la fixait avec une intensité toute particulière.

— J'espère que ce déplacement n'empiétera pas sur… votre vie privée, insista-t-il.

— Du tout.

Elle réprima un froncement de sourcils en discernant une pointe de sarcasme dans la voix de Rafe, tout en se demandant depuis quand sa vie privée l'intéressait.

Mais elle n'était pas au bout de ses surprises.

— Comment va Jay ? lança-t-il soudain.

Surprise par ce brusque changement de sujet, elle fut toutefois prompte à se ressaisir.

— Très bien.

— Avec tout le travail que nous avons en ce moment au bureau, je me demande où vous trouvez le temps de voir qui que ce soit ! rugit-il.

Ah, elle comprenait mieux maintenant le comportement de son chef ! Il agissait de façon aussi étrange parce qu'il était fatigué. Le matin même, il avait avoué se sentir un peu stressé. Et, comme elle n'avait pas été là de la journée, il avait sans doute mis les bouchées doubles.

Il avait besoin d'elle, se dit-elle, attendrie à cette pensée, avant de rétorquer :

— Vous avez raison, nous ne manquons pas de travail. Vous devriez donc rentrer chez vous sans plus tarder et vous reposer.

Rafe la dévisagea en serrant les dents. Elle souriait, et la couleur de ses yeux paraissait plus lumineuse.

Elle ne lui dirait donc rien, comprit-il. En fait, elle le mettait même à la porte de chez elle ! Mais cela valait mieux, car il ne voulait rien savoir. *Rien* !

Et puis, se dit-il, agacé, en se dirigeant vers la sortie, Lauren était bien assez grande pour savoir ce qu'elle faisait. Il n'avait nul besoin d'ennuis supplémentaires. Cette affaire ne le concernait pas. Ne l'intéressait pas !

Il s'apprêtait à sortir quand quelque chose qu'il avait aperçu lui revint subitement à la mémoire. Il se retourna pour considérer le séjour… et vit deux gros yeux noirs, luisants. Ce qu'il avait pris pour des pelotes de laine était un ours. Un ours à demi caché par le pull que tricotait la jeune femme.

Et voilà, c'était la preuve ! se dit-il, triomphant. Et maintenant, il devait la confondre…

Il revint sur ses pas, reposa son manteau sur le siège et toisa Lauren de toute sa hauteur.

— Bien. Si vous me racontiez tout, à présent ? Je sais ce que vous essayez de me cacher.

5.

La jeune femme fixa son interlocuteur. Elle avait l'impression de pâlir à vue d'œil.

— Vraiment ? murmura-t-elle, l'estomac noué.

Elle posa les mains sur son ventre pour tenter de faire disparaître l'étrange sensation. Ce geste ne passa pas inaperçu à Rafe, dont les traits se durcirent davantage.

— Il ne m'a pas fallu un talent fou pour deviner de quoi il retournait. Il m'a suffi d'additionner deux et deux !

— *Vraiment* ? répéta-t-elle d'une voix à peine audible.

Puis, ne sachant que dire d'autre, elle garda les yeux rivés sur la pointe de ses chaussons.

Si seulement il avait pu partir…, se disait-elle. Mais il ne paraissait guère disposé à la laisser tranquille. Sans doute avait-il vu le pull et s'insurgeait-il à l'idée qu'elle le tricotait pour lui…

— Tout est devenu plus clair encore quand j'ai vu ce satané ours !

Sous le choc, elle rouvrit les yeux, juste à temps pour voir Rafe bondir sur la pauvre peluche, qu'il prit et secoua avec sauvagerie.

Lauren en resta bouche bée.

— Mais… que faites-vous ? s'exclama-t-elle, déroutée. Je ne comprends rien à rien !

Il détourna son regard accusateur de l'ours, pour le poser sur la jeune femme.

— Allons, Lauren ! Je sais bien à qui est destiné cet ours…

De plus en plus stupéfaite, elle fronça le nez.

— Cet ours est le mien. Je l'ai acheté il y a environ un an.

— Ah ? Et pourquoi ?

— Quelle question ! Parce que j'aime les ours en peluche, voyons ! Comme la plupart des gens, d'ailleurs.

— Vous ne l'avez donc pas acheté pour le bébé ? demanda-t-il, secouant de plus belle l'objet du délit.

— Quel bébé ?

Cette fois, il lança d'un geste rageur la peluche sur l'un des fauteuils.

— *Votre* bébé ! Celui dont nous parlons.

Il s'interrompit devant l'air hébété qu'elle lui opposait.

— Bon sang, Lauren ! Etes-vous oui ou non enceinte ?

— En… ceinte ? Non, évidemment !

— Non ?

— *Non* ! C'est ce que vous pensiez ?

Le soulagement se lisait désormais sur le visage de la jeune femme.

— C'est donc là ce que vous pensiez ? Mais enfin… pourquoi ?

— Vous aviez des nausées ce matin. Et ensuite votre état s'est amélioré.

Elle le fixait toujours, attendant qu'il poursuive, et il glissa nerveusement la main dans ses cheveux.

— Il y a eu l'ours, et puis… et puis *ceci* !

Il sortit de sa poche une feuille de papier tout froissé qu'il lui tendit. Intriguée, elle la prit, l'ouvrit et la lissa. Lorsqu'elle reconnut les notes qu'elle avait inscrites ce matin-là, elle rougit.

— Mon Dieu ! J'avais complètement oublié cette liste…

— Vous allez peut-être pouvoir éclairer ma lanterne ?

— Oui. Eh bien…

Lauren s'éclaircit la voix.

— Comme vous l'avez peut-être deviné, ce diable vous représente…

— Exact, je l'ai deviné ! Mais ce n'est pas cette ligne qui m'intéresse. Celle-ci, plutôt…, précisa-t-il, l'index pointé sur les quelques mots qui avaient semé le désordre dans son esprit. Pourquoi devez-vous acheter des biberons ?

— Des biberons ?... Quelle question ! Pour les donner aux femmes du foyer qui en ont besoin. La directrice m'a demandé s'il m'était possible de m'en charger.

— Oh…

— Oui, « Oh » ! railla Lauren en croisant les bras.

L'air penaud de son chef l'amusait beaucoup. Elle le voyait rarement aussi décontenancé.

Les sourcils froncés, il examina à son tour la feuille de papier froissé.

Bien sûr ! Comment n'y avait-il pas songé ? se dit-il, avant de contre-attaquer pour sauver la face :

— Pourquoi ne pas avoir regroupé sur cette liste toutes les notes concernant le foyer ?

— Je ne sais pas, lui répondit-elle avec un haussement d'épaules. Parce que je n'avais sans doute pas l'esprit très clair, ce matin. Vous non plus, semblerait-il… Imaginer que je suis enceinte ! Comment une idée pareille vous est-elle venue ?

— Eh bien… cette feuille de calepin n'est pas seule en jeu, voyez-vous, répliqua-t-il, quelque peu vexé de s'être mépris à ce point sur le compte de sa secrétaire. C'est Kane qui m'a mis la puce à l'oreille, avec des propos qui laissaient entendre que vous… que lui… que lui et vous…

Il s'interrompit, conscient que le grand patron de l'entreprise ne souhaitait peut-être pas que son problème soit divulgué.

Mais Lauren paraissait de nouveau effarée.

— Kane Haley aurait dit que… nous sommes *amants* ?

— Non, bien sûr que non ! C'est ridicule…

La jeune femme se raidit. *Ridicule* ?

— … Encore que, pour ne rien vous cacher, j'ai eu moi aussi un instant cette pensée absurde. Mais je sais que Kane ne batifolerait pas avec l'une de ses employées. Qui plus est, vous ne… Je veux dire que vous…

— Oui ? insista-t-elle, les lèvres pincées.

— Vous ne… ressemblez pas au genre de femmes qu'il fréquente.

Blessée au plus profond d'elle-même, Lauren serra les poings.

— En d'autres termes, vous pensez que le grand patron ne s'intéresserait jamais à une femme comme moi ?

Embarrassé, Rafe plissa les yeux, se demandant pourquoi elle réagissait ainsi.

A la pensée qu'elle avait peut-être espéré susciter l'intérêt de Kane, il se sentit contrarié, car elle était bien trop jeune pour un type comme Haley.

Il cherchait une façon subtile de lui demander si Kane ne la laissait pas indifférente, quand elle reprit la parole.

— Puisque vous en êtes arrivé à la conclusion que je n'étais pas enceinte des œuvres de Kane Haley, qui donc aurait commis l'irréparable, à votre avis ?

Le nom de Jay Leonardo vint aussitôt à l'esprit de Rafe, mais il ne le formula pas.

Si jusque-là, se dit-il, Lauren n'avait pas vu en Leonardo un éventuel amant, à quoi bon lui mettre cette idée en tête ? Et puis, il se souciait comme d'une guigne de ce type, même s'il pressentait que cet individu, tout comme Kane, n'apporterait rien de bon à Lauren.

— Je ne sais pas trop, répondit-il donc en haussant une épaule. Les accidents de ce genre sont fréquents. Il suffit d'une nuit…

Ce fut au tour de Lauren de le fixer, les yeux plissés d'incrédulité.

Ainsi, se dit-elle, après trois années d'étroite collaboration, il la connaissait donc si mal ? Imaginer *cela* d'elle ! Il ne se rendait donc pas compte du caractère insultant de ses propos et ne se souciait pas du mal qu'il lui faisait ?

— Je suis donc pour vous le genre de femme qui passe une nuit avec un homme ?

En entendant cette voix dangereusement calme, Rafe redressa la tête.

— Seigneur, non ! se récria-t-il.

Elle paraissait très contrariée. Furieuse, même, remarqua-t-il. Or, elle ne se mettait jamais en colère. Bien sûr, il lui arrivait de manifester un certain mécontentement quand ils abordaient des sujets tels que le respect de l'environnement, ou la faim dans le monde. Mais de là à s'emporter… Certes, il avait toujours pris plaisir à la taquiner, et il lui arrivait même quelquefois de dépasser les limites et de la pousser à bout. Pas une seule fois pourtant elle n'avait affiché cet air-là.

— Bien sûr que non ! reprit-il avec véhémence, pressé qu'il était de l'apaiser. Mais vous ne connaissez pas les hommes… Certains sont capables de tout pour arriver à leurs fins. Et dans la mesure où vous êtes plutôt naïve, où vous manquez d'expérience dans le domaine des relations amoureuses, je me suis dit qu'un sombre crétin avait pu profiter de la situation.

Malheureusement, ces propos n'eurent pas sur la jeune femme l'effet escompté. Elle croisa lentement les bras sur la poitrine et darda sur lui un regard glacial.

— Je vois. A votre avis, un homme ne pourrait s'intéresser à moi que pour assouvir ses instincts les plus bas ?

— Pas du tout !

— Je ne suis donc pas apte à susciter le désir chez le sexe opposé ?

— Bien sûr que non…

— Comment osez-vous ?

— Je voulais dire, oui… Non… Bon sang, je ne sais plus ce que je voulais dire ! s'exclama-t-il en laissant retomber ses bras le long du corps.

— Ah… Vous l'admettez donc ? dit-elle d'un ton condescendant.

Rafe n'avait pas coutume de se quereller avec Lauren, et moins encore de la voir afficher autant de dédain, ou de l'entendre mettre autant de sarcasme dans sa voix habituellement si pondérée.

— Mais enfin, que vous arrive-t-il, ce soir ?

Lauren fut prompte à réagir.

— Pardon ?... Vous sonnez à ma porte, à la fin d'une journée où j'ai été souffrante, vous me traitez de « naïve », vous m'insultez de différentes façons, et vous avez en outre l'audace de me demander ce qui *m*'arrive ?...

Les traits figés, elle prit le manteau de Rafe et le lui tendit.

— Je pense qu'il vaut mieux que vous partiez.

Rafe la dévisageait, sidéré, comme s'il se trouvait face à un chaton qui se serait soudain transformé en un tigre féroce.

— Mais, Lauren…

Sans même le regarder, elle lui lança le vêtement, qu'il saisit au vol, et se dirigea vers la porte. Elle l'ouvrit en grand, laissant entrer le vent froid qui soufflait au-dehors.

— Partez !

Rafe étouffa un juron mais obtempéra.

6.

D'un geste rageur, Lauren ferma la porte à double tour. Mais, une fois revenue dans le salon, elle se laissa tomber dans un fauteuil, brisée.

Les bras serrés sur la poitrine, elle luttait contre les larmes qui lui brûlaient les paupières. Elle s'interdisait de pleurer. De nouveau, elle s'obligeait à contrôler ses émotions, ce qui était devenu pour elle presque une seconde nature durant ces deux dernières années.

En fait, s'avisa-t-elle, depuis qu'elle avait pris conscience d'être amoureuse de Rafe.

Car, à ce moment-là déjà, elle avait compris combien c'était stupide. Il ne correspondait pas du tout au genre d'homme qu'elle pensait pouvoir aimer un jour. Elle envisageait de choisir plutôt quelqu'un qui ressemble à son père : un homme calme, beau, qui manquait d'ambition mais qui privilégiait la vie de famille.

Rafe n'était pas d'une beauté exceptionnelle. Pas au sens classique du terme, en tout cas. Il avait des traits anguleux, une bosse sur le nez — souvenir de l'époque où il pratiquait la boxe, quand il était dans la Marine. Il avait une bouche trop grande, des lèvres trop fines. Son regard exprimait trop souvent le cynisme, ce qui le faisait paraître plus vieux que son âge.

Et il était ambitieux. Très ambitieux. Les rachats qu'il orchestrait étaient impitoyables et d'une rapidité impressionnante. Les contrats étaient signés avant que la compagnie concernée ne comprenne ce qui venait de lui arriver. S'il semblait taillé pour le poste qu'il occupait au sein de l'entreprise Kane Haley, il ne ressemblait en rien à l'homme de ses rêves. Lauren l'avait su dès l'instant où elle l'avait rencontré.

Puis Rafe avait sonné chez elle, un sapin dans les bras, le premier Noël qu'elle avait passé à Chicago. Son premier Noël seule. Elle avait plongé le regard dans ses yeux tendrement railleurs, avait répondu à son sourire canaille et, pour la première fois, était tombée amoureuse.

Une fois sur cette pente dangereuse, elle n'avait fait que glisser, glisser encore. Il était resté tout l'après-midi chez elle, l'avait aidée à décorer le sapin, l'avait prise dans ses bras et consolée quand, parlant de sa mère récemment disparue, elle avait pleuré. Puis, il avait préparé du café pour la remettre d'aplomb.

Elle gardait de ces moments des souvenirs exquis : une bonne odeur de résineux flottant dans l'appartement, le rougeoiement des flammes dans l'âtre, le ballet des flocons derrière la vitre, le bruit léger de leurs rires.

Quand il était parti, elle avait attribué sa réaction à l'émotion que provoquaient toujours en elle ces fêtes de fin d'année. Elle avait même réussi à enfouir ses sentiments au tréfonds d'elle-même et, pendant des mois, avait prétendu ne voir en lui qu'un supérieur hiérarchique. Un type formidable avec lequel elle prenait beaucoup de plaisir à travailler. Un ami.

Ces derniers temps, elle avait cependant de plus en plus de mal à ignorer ce qu'elle éprouvait pour lui. Un sourire, un frôlement de doigts suffisaient à la troubler. Elle craignait chaque jour un peu plus de se trahir.

N'avait-elle pas craint, ce soir, de le voir deviner son secret ? Grâce au ciel, ce n'était pas le cas. Elle savait bien qu'elle ne lui plaisait pas. Mais, jusqu'à cette visite impromptue, elle n'aurait pas imaginé qu'il voie en elle une femme dénuée d'attrait pour *n'importe quel* homme !

Soudain frissonnante, Lauren se frictionnait les épaules quand elle entendit le carillon de la porte d'entrée.

Elle se figea, terrorisée à la pensée de devoir affronter Rafe une nouvelle fois.

Quelques secondes plus tard, une voix féminine retentissait à travers le battant.

— Lauren ? Est-ce que tu vas bien ?

Elle lâcha un soupir de soulagement. Ce n'était pas Rafe qui revenait la tourmenter, mais Jay.

D'ordinaire, ces petites visites enchantaient Lauren. Elle avait connu Jay au foyer pour femmes, où celle-ci, qui était esthéticienne, montrait aux résidentes comment se mettre en valeur pour un entretien d'embauche. Elles avaient très vite sympathisé, et, quand l'appartement voisin s'était libéré, Lauren avait averti Jay qui s'était aussitôt mise en relation avec la propriétaire.

Si Lauren appréciait toujours le regard humoristique que Jay posait sur la vie en général, elle ne se sentait pourtant pas d'humeur à rire ce soir-là. Mais son amie l'appela de nouveau, plus fort, manifestement inquiète.

Résignée, Lauren soupira, se leva et alla ouvrir la porte.

Un sourcil levé, Jay la dévisagea, et puis la poussa doucement pour entrer. Ses longs cheveux noirs flottaient sur ses épaules, pareils à une cape. Elle passa le seuil du salon et se déchargea du gros sac qu'elle portait en bandoulière.

Lauren s'assit et, d'un geste du menton, invita son amie à l'imiter.

— Que se passe-t-il ici ? commença Jay en se débarrassant de son manteau orange. Qui est cet homme, et pourquoi pleures-tu ?

— Je… ne pleure pas. Quant au type en question, c'est mon chef. Rafe.

59

Jay fouilla dans son sac et tendit à Lauren un paquet de mouchoirs en papier.

— Il t'a congédiée ?

— Mais non !

— Il t'a giflée, alors ? Je me doutais bien que cela se produirait un jour…

Lauren accepta en reniflant le mouchoir que lui tendait son amie.

— Il ne m'a pas giflée. Pas… réellement, du moins.

Les sourcils bien épilés de Jay se rapprochèrent.

— Il n'a pas voulu faire l'amour avec toi ?

— Oui. Enfin, non.

La jeune femme se moucha avant d'ajouter :

— Il n'en a pas été question, mais je suppose qu'il aurait refusé.

— Dans ce cas, pourquoi est-il venu ?

— Parce qu'il croyait que j'étais enceinte.

Jay lâcha un petit cri.

— De lui ?

— Non, bien sûr.

— Il pensait que tu étais enceinte d'un autre homme ?

— Pour l'amour du ciel, finissons-en avec ces bêtises ! s'exclama Lauren, exaspérée. Je ne suis pas *enceinte* ! Il me juge naïve, considère que je ne connais rien aux hommes, et que donc il aurait pu m'arriver un « accident ». A l'entendre, un homme ne s'intéresserait à moi que pour coucher avec moi !

— Quel pauvre crétin !

— Oh, il n'avait pas l'intention de me blesser. Ce n'est pas son genre. En fait, je suis même presque sûre qu'il a pour moi une certaine affection. Il se moque toujours de moi avec gentillesse… un peu comme si j'étais sa petite sœur. C'est moi qui me suis trompée en imaginant être pour lui plus que cela.

— Et pourquoi ne serait-ce pas possible, Lauren ? Tu es une femme merveilleuse.

Lauren adressa à son amie un sourire de remerciement, mais lâcha un soupir.

— Je ne peux pas me comparer à celles qu'il fréquente, Jay. Elles sont aussi belles qu'élégantes, et ne dépareraient pas la couverture des magazines féminins en vogue.

— Ce type sort donc avec *plusieurs* femmes ? Nous aurions affaire à un don Juan des temps modernes ?

— Pas tout à fait. Je sais en tout cas qu'il est honnête envers elles. Il ne leur cache pas qu'il ne croit pas en l'amour.

— Soit, mais je suppose que chacune d'entre elles s'imagine qu'elle réussira à le faire changer d'avis.

— Sans doute…

N'avait-elle pas nourri elle-même ce fol espoir, alors que Rafe ne l'avait jamais un tant soit peu courtisée ? s'objecta-t-elle.

— Un play-boy, ni plus ni moins ! décréta Jay avec conviction. Et assez rusé pour savoir qu'il ne court aucun risque sérieux, avec plusieurs candidates sur les rangs. Si j'ai un conseil à te donner, c'est de l'oublier. Il ne mérite pas quelqu'un comme toi, Lauren.

Infiniment triste, cette dernière baissa les épaules.

— Bien sûr… Il mérite plutôt une femme jolie et sophistiquée. Comme celles avec lesquelles il aime passer ses soirées…

— Veux-tu bien te taire, Lauren Connor ? Tu es ravissante.

Comme elle s'apprêtait à protester, Jay lui intima silence d'un geste de la main.

— Oui, *ravissante* ! Mais, tant qu'une certaine personne n'en sera pas convaincue, nul ne le remarquera.

Lauren se moucha et cligna des paupières.

— Tu veux… parler de Rafe ?

— Oh que non ! répliqua Jay en levant les bras au ciel. Ne viens-je pas de te conseiller d'oublier cet individu ? La personne en question n'est autre que *toi* !

— Moi ? Désolée de te contredire, Jay, mais je ne me trouve pas du tout « ravissante ». Banale, plutôt. Si banale que je passe partout inaperçue.

Jay lâcha un soupir avant de l'envelopper d'un regard désapprobateur.

— Si tu cessais de porter des tenues qui te font ressembler à un sac de pommes de terre ? Choisis donc des couleurs gaies et seyantes, des formes plus cintrées, qui mettent ta silhouette en valeur. La plupart des femmes paieraient cher pour avoir un corps comme le tien !

— Je n'en suis pas si sûre…

— Ne dis pas de sottises, Lauren ! Tu ne fais certes pas un quatre-vingt-quinze de tour de poitrine, mais…

— Ah bon ? l'interrompit la principale intéressée avec un petit rire sec.

—… mais, *donc*, cela ne signifie pas que tu ne sois pas attirante. Tu es longue, mince, avec des jambes interminables. Un don du ciel, crois-moi.

L'esthéticienne se pencha en avant et examina le visage de Lauren d'un œil expérimenté.

— Sais-tu que la piètre opinion que tu as de toi affecte ta façon de penser, de t'habiller et de réagir face aux autres ? Qu'elle influence aussi leur réaction à ton égard ? A la vérité, tu ne voudrais pas être quelqu'un d'autre, pas même ce genre de femme que Rafe apprécie, et tu as raison. Car il faut que tu sois le genre de femme que *tu* désires être.

Lauren savait tout cela, bien entendu. Ces propos, elle avait entendu Jay les tenir des dizaines de fois au foyer. Mais elle ne se les était jamais appliqués, n'y avait même jamais songé.

— Je suis le genre de femme que je désire être, déclara-t-elle avec fermeté en riposte.

— Ah ? J'ai pourtant l'impression que tu ne penses pas très souvent à toi.

Et, considérant le survêtement que son amie portait, elle ajouta :

— Aimes-tu le gris ?

— Pas particulièrement.

— Et avoir les cheveux longs ?

Lauren secoua automatiquement la tête, et quelques mèches lui balayèrent les épaules.

— Disons plutôt que c'est commode.

— Ce n'est pas la question que je t'ai posée, Lauren. Je t'ai demandé si cela *te plaisait*.

— Non.

Au moment même où elle répondait à son amie, la jeune femme s'aperçut qu'elle était lasse de ses cheveux depuis des mois.

— Il faudrait les couper, enchaîna-t-elle. Mais je n'ai jamais le temps d'aller chez le coiffeur. Entre mon travail, le foyer et…

— Et rester enfermée chez toi à fantasmer sur Rafe ! Il est grand temps que tu te ressaisisses, Lauren, sans quoi il va finir par tout deviner, et tu feras partie de sa cour. Est-ce cela que tu souhaites ?

Non ! Elle souffrirait bien plus encore s'il s'intéressait à elle pour ensuite la délaisser.

— Et que… me suggérerais-tu ?

— D'arrêter de focaliser toute ton attention sur cet homme, et d'essayer d'en trouver un qui te convienne davantage.

— Mmm… Ce ne sera pas facile.

— Rien n'est facile dans la vie, Lauren ! Surtout si on la subit, au lieu de la prendre en main…

— Tu as raison ! acquiesça Lauren en redressant les épaules.

Car elle n'allait tout de même pas perdre son temps à se consumer pour un homme qui ne voulait pas d'elle ! se dit-elle pour mieux s'en convaincre. Comment avait-elle pu se prendre à espérer qu'il l'aime un jour, elle et *elle seule* ? C'était grotesque. D'autant plus grotesque qu'elle savait à présent ce qu'il pensait d'elle. Il ne la jugeait ni assez belle ni assez intelligente pour susciter l'intérêt d'un homme comme Kane Haley — ou Rafe Mitchell ! Comme si cela ne suffisait pas, il la croyait capable de s'offrir pour une nuit à un homme, dans le seul but d'éveiller cet intérêt !

Blessée dans son orgueil, Lauren redressa le menton.

Oui, Jay avait mille fois raison, se répéta-t-elle. Elle devait changer sa façon de penser. Changer tout court ! Se mettre en quête de ce qu'elle désirait. Trouver un homme qui attende de l'existence ce qu'elle en attendait : un foyer, une famille et par-dessus tout, l'amour.

Elle adressa un clin d'œil à son amie, puis baissa les yeux sur son survêtement et grimaça.

— Si nous commencions par la garde-robe ?...

Jay ne cacha pas son enthousiasme.

— Nous allons avoir un week-end des plus chargés ! s'exclama-t-elle en battant des mains.

Elle se leva d'un bond, et alors remarqua qu'elle s'était assise sur quelque chose.

— Oh... De quoi s'agit-il ? demanda-t-elle, tenant entre le pouce et l'index l'ouvrage au tricot.

Elle le tourna dans tous les sens, puis observa son amie en silence.

Mais Lauren ne la regardait pas. Elle fixait le dernier pan du pull destiné à Rafe, songeant combien cette belle couleur chocolat l'aurait rendu séduisant, et combien cette laine, aussi douce qu'épaisse, l'aurait aidé à affronter les hivers rigoureux de Chicago.

Elle tendit la main pour récupérer l'ouvrage, et le caressa. Combien d'heures, de jours, de semaines avait-elle consacrés à ce cadeau ?

— Envisages-tu toujours de le lui offrir ? s'enquit Jay.

Lauren secoua la tête et, d'un ton très calme, répondit :

— Non.

Et, comme pour le lui prouver, elle ôta les aiguilles et entreprit de rembobiner la laine au fur et à mesure qu'elle détricotait les rangs.

La tête levée vers son amie, elle se força à sourire.

— Pendant que je finis ceci, si tu me montrais ce que tu caches dans ton grand sac magique ?

7.

Rafe arriva ce lundi-là au bureau à une heure des plus matinales. Il n'avait pas bien dormi la nuit précédente. Ni même de tout le week-end.

Enfant, il avait toujours un mal fou à s'endormir. Il passait des heures étendu dans le noir, à écouter les bruits des membres de la nouvelle famille d'accueil dans laquelle on l'avait placé. Quelquefois il avait eu raison de s'en méfier, d'autres pas.

Puis, en grandissant, il n'avait plus craint d'être battu, mais était devenu si nerveux qu'il avait toujours eu du mal à s'endormir. Alors, il se glissait dehors, la nuit, et errait dans les rues, essayant d'évacuer cette formidable énergie qui bouillait en lui, au cours d'une partie de basket ou de football qui s'organisait au hasard des rencontres.

Ces temps-ci, il mettait à profit ces longues heures de veille pour faire avancer ses projets professionnels. Ce remède lui semblait aussi efficace que les autres, et avait en outre le mérite d'être bénéfique à sa carrière.

Rafe n'avait jamais été un grand dormeur. Mais jamais encore la culpabilité ne l'avait gardé éveillé.

Le remords, aussi peu familier que désagréable, monta de nouveau en lui. Il repoussa le rapport qu'il rédigeait et s'adossa à son fauteuil.

Durant tout le week-end, il avait pensé à Lauren, s'était demandé s'il devait l'appeler pour s'excuser de l'avoir heurtée par inadvertance. Après y avoir longuement réfléchi, il avait préféré ne pas remuer le couteau dans la plaie, tout en se promettant de faire amende honorable quand elle reviendrait au bureau, quand ils seraient, pour ainsi dire, en terrain neutre.

Il s'agita sur son siège et baissa les yeux sur sa montre. Lauren ne devrait pas tarder à arriver. Il espérait qu'elle se serait calmée, et ne lui tiendrait plus rigueur de l'avoir vexée. Comme il l'avait dit à Kane, Lauren était charmante. Charmante mais hypersensible, aussi. Lorsqu'ils seraient réconciliés, il pointerait ce défaut du doigt, en s'entourant de mille précautions oratoires, bien entendu.

Décidé à se remettre à la tâche, il tendit de nouveau la main vers son rapport, et dans ce geste fit tomber son stylo à plume. Il se pencha pour le ramasser. Accroupi, il tendit la main sous le bureau… et s'immobilisa. Par l'espace ouvert séparant son bureau du sol, il vit arriver de superbes jambes féminines juchées sur de hauts talons.

Curieux de voir à qui appartenaient ces magnifiques gambettes, il se redressa. Si vite, qu'il se cogna vivement la tête contre le coin du bureau.

— Bon sang de…, grommela-t-il en se frictionnant le crâne.

Une voix douce retentit alors.

— Ça va ?

— Mmm… ça va. *Lauren* ?...

— Oui ?

Médusé, il ouvrit et referma la bouche à plusieurs reprises, avec l'impression de vivre une hallucination, comme si le coup qu'il venait de prendre sur la tête l'avait transporté aux pays des anges.

— Lauren ? répéta-t-il.

Car il avait toujours du mal à en croire ses yeux. La ravissante jeune personne qui se tenait devant lui ressemblait si peu à sa secrétaire…

— Que… qu'avez-vous fait ?

— J'ai décidé qu'il était temps de changer un peu d'apparence.

Un peu ? se répéta-t-il, sidéré, en la suivant du regard tandis qu'elle passait le seuil de la pièce où était situé son propre bureau.

Elle avait échangé ces tuniques en laine ternes et informes qu'elle paraissait tant affectionner contre un pull-over rose, côtelé, qui soulignait la grâce de son buste. A la place de ses sempiternels pantalons ou jupes longues, elle portait une jupe noire très seyante, qui lui arrivait au genou. Sans parler de ces escarpins noirs qui lui donnaient une allure folle.

Et ce n'était pas tout.

— Vous n'avez pas vos lunettes, lui dit-il, comme si elle l'ignorait.

Elle acquiesça tout en ouvrant son agenda afin de faire le point pour la journée.

— Je porte des verres de contact. Je les ai depuis un certain temps, mais je ne les mettais pas pour venir travailler parce qu'au bout d'une heure, j'ai les yeux qui larmoient. Comme Jay me trouve beaucoup mieux sans lunettes, j'essaie de m'y habituer.

Encore ce maudit Jay ! pesta-t-il intérieurement avant d'admettre que le sieur en question avait diablement raison. Car, sans ces lunettes qui lui dévoraient le visage, Lauren semblait avoir les yeux plus grands, plus lumineux. Leur ton gris-bleu paraissait lui aussi différent, plus mystérieux.

— J'imagine que c'est Jay qui vous a aussi conseillé de changer de coupe de cheveux, s'entendit-il grommeler.

Elle hocha la tête, et sa chevelure se balança au rythme de ce mouvement. Ses cheveux ne pendaient plus sur ses épaules mais lui encadraient joliment le visage, en un dégradé qui leur donnait du corps. De fines mèches dorées éclairaient le coloris châtain uniforme auquel il était habitué. La coiffure avait un style flou qui lui allait bien.

Très bien, même, rectifia-t-il à contrecœur, car il lui en coûtait de louer les efforts de ce type qui occupait une place de plus en plus importante dans la vie de la jeune femme.

Son regard fut alors attiré par la bouche de Lauren. Fardées d'un beau rouge cerise, ses lèvres semblaient pulpeuses, si irrésistibles qu'il dut détourner le regard pour s'arracher à la fascination.

— Rafe…

— Mmm ?

— Je souhaiterais travailler dans un autre service.

Il sursauta.

— Dans… un autre service ?

Toujours assise sur son siège, les épaules bien redressées, elle le regarda droit dans les yeux, d'un air résolu.

— Oui. Pour acquérir de l'expérience dans d'autres domaines.

Et m'éloigner de vous ! ajouta-t-il en son for intérieur, bien plus blessé qu'il n'aurait imaginé l'être. Mais elle ne parlait sans doute pas sérieusement. Sans doute était-elle encore sous le coup de la colère…

— Lauren, si votre décision est liée à ce qui s'est passé l'autre soir…

— Du tout, l'interrompit-elle. Ma demande n'a rien à voir avec notre conversation.

Rafe n'en croyait pas un mot, mais savait que Lauren n'avouerait jamais la vérité. Il se mit donc à réfléchir, cherchant la meilleure façon de répondre à cette requête.

A en juger par son port de tête, elle était prête à se battre pour obtenir ce qu'elle désirait, nota-t-il. Le rose de son pull-over était désormais assorti à celui de ses joues. Elle tenait le calepin serré entre ses doigts. Elle s'attendait à ce qu'il lui livre bataille ? Eh bien, il ne le ferait pas !

— D'accord, dit-il. Vous irez dans un autre service...

Le regard de la jeune femme chercha soudain le sien, et il y lut une profonde surprise. Mais, avant qu'elle ne s'exprime, il enchaîna :

— Pas avant que le rachat de Bartlett ne soit conclu, toutefois. Je ne tiens pas à former une nouvelle secrétaire au beau milieu d'un marché aussi important que celui-ci.

Il vit les sourcils de Lauren se rapprocher.

— A votre avis, quand la signature interviendra-t-elle ? demanda-t-elle après de longues secondes de silence.

— J'espère boucler l'affaire lors de notre voyage à Hillsborough.

Elle hésita, sans cesser d'observer son interlocuteur, lequel arborait une expression impassible.

— Soit, déclara-t-elle enfin.

Puis, redressant le menton, elle ajouta de ce ton distant sur lequel elle lui avait parlé l'autre soir :

— J'apprécierais cependant que vous examiniez ma requête avec tout le sérieux qu'elle mérite.

Et il apprécierait, lui, qu'elle cesse de se montrer aussi susceptible, se dit-il. Il s'était certes comporté comme un mufle, reconnaissait que sa conduite était impardonnable, mais il était temps de tourner la page !

— En fait, je pense que...

Mais il s'interrompit, car un petit coup venait de retentir à la porte ouverte du bureau. Brandon Levy, un étudiant qui travaillait au service courrier le matin et fréquentait une école de commerce l'après-midi, entra sans attendre d'y avoir été convié.

Brandon se déplaçait toujours vite mais assez gauchement, comme une girafe tenant mal sur ses pattes. Il ne lui fallut pas plus de deux secondes pour se retrouver au milieu de la pièce, les yeux rivés sur les enveloppes qu'il tenait à la main.

— Désolé de vous déranger, déclara-t-il, face à la mine renfrognée de Rafe, mais ces lettres portaient la mention « Urgent », et j'ai donc préféré vous les remettre au plus tôt.

— Vous voulez bien me les donner ? intervint Lauren.

— Bien sûr, dit-il en bifurquant sur la droite. J'en ai aussi quelques-unes pour Maggie, donc je vais...

Il redressa la tête... et se pétrifia.

Rafe regarda le jeune homme. Debout devant le bureau de Lauren, il la fixait, hébété, le bras tendu pour lui remettre les enveloppes. La jeune femme lui sourit, lui prit le courrier des mains.

— Merci, Brandon.

Le charme fut rompu, et le jeune homme se mit à rougir jusqu'à la racine des cheveux.

— Je vous en prie, Lau-ren, murmura-t-il en s'attardant sur le prénom.

Exaspéré par le comportement de l'étudiant qui avait tout de l'amoureux transi, Rafe décida qu'il était temps d'intervenir.

— Vous venez bien de dire que vous avez du courrier à remettre à Maggie, n'est-ce pas ?

— Oh... Oui... Oui, bien sûr...

Il revint sur ses pas, et Rafe constata qu'il marchait presque à reculons pour ne pas perdre de vue celle qui l'avait plongé dans un tel trouble.

Dès qu'il fut sorti, Rafe leva les bras au ciel.

— C'est à peine croyable !

Occupée à ouvrir le courrier, elle ne prit pas même la peine de relever la tête.

— Quoi donc ?

71

— Comment ? Vous n'avez pas remarqué que Brandon vous buvait du regard.

Cette fois, elle le considéra d'un air perplexe.

— N'exagérons rien. Il m'a remis ce courrier, rien de plus.

— *Rien de plus ?*... J'ai bien cru qu'il faudrait le ranimer !

— Allons donc !

Et elle reporta son attention sur les lettres.

Tout autre que Lauren aurait feint de ne rien avoir vu. Lauren, elle, *n'avait rien vu*. Au lieu d'abandonner le sujet, Rafe ne put s'empêcher de lui poser une dernière question.

— Depuis quand ce gamin vous appelle-t-il par votre prénom ?

— Depuis qu'il travaille ici.

Rafe fronça les sourcils.

— Voilà qui me semble un peu cavalier ! Vous ne trouvez pas ?

La jeune femme redressa de nouveau la tête.

— Je suppose que vous plaisantez. Le « gamin » en question n'a jamais que quatre ans de moins que moi. Deux fois moins que la différence d'âge qu'il y a entre vous et moi. Serait-ce une façon de me dire que vous préférez que je vous appelle *Monsieur Mitchell* ?

— Seigneur, non ! se récria-t-il.

Elle se montrait déjà bien assez distante envers lui, ce matin-là, se dit-il. En outre, les situations n'avaient rien de similaire, et elle le savait. Brandon était un gosse, et elle, une femme. Rafe pour sa part était un homme, et elle... toujours une femme.

Elle le fixait, comme si elle attendait qu'il poursuive la discussion, mais il préféra s'abstenir. Il ne tenait pas à ce que cet échange de propos dégénère encore une fois. Il aimait autant en finir une fois pour toutes avec cette première querelle.

— Lauren, au sujet de l'autre soir...

Il lui adressa un sourire désabusé.

— Je suis désolé. Jamais je n'ai eu l'intention de dire ce que j'ai dit.

Lauren lui rendit son sourire, ce qui le surprit.

— Aucune importance, n'en parlons plus ! En fait vous m'avez rendu service.

— Ah ?

— J'ai réfléchi, et j'ai fini par comprendre que vous aviez raison.

Au lieu de réjouir Rafe, ce constat lui produisit l'effet inverse. Il fut aussitôt sur ses gardes, comme à l'époque où il faisait son service dans la Marine et entendait un bruit suspect.

— Ah ? murmura-t-il, prudent. Raison... à quel sujet ?

— Quand vous me conseillez de prendre de l'assurance, de me fixer des buts, de sortir davantage. Et aussi de lutter pour obtenir ce que je veux.

Rafe se détendit. Réprimant un soupir de soulagement, il se laissa de nouveau aller contre le dossier de son fauteuil.

— Parfait. Et *que* voulez-vous ?

— Un homme.

Rafe se redressa si brusquement que son siège manqua basculer.

— Comment ?

— Vous avez bien entendu, Rafe. J'ai dit *un homme*. Ces créatures que vous prétendez si bien connaître.

Sur ce, elle rassembla les papiers qui jonchaient son bureau, prête à commencer sa journée de travail. Rafe l'observait, les mâchoires serrées.

— J'imagine qu'il s'agit encore d'une idée de votre nouvel ami, Jay. Et j'imagine aussi qu'il espère être cet homme !

Elle le fixa un instant, parut hésiter, et finalement répondit :

— Non, je ne pense pas. Nous entretenons, Jay et moi, une relation strictement amicale.

Comme elle parlait, il distingua la lueur d'amusement qui s'était mise à briller dans son regard et, comprenant qu'elle se moquait de lui, sentit l'agacement le gagner.

— Je pensais vous avoir froissée l'autre soir, en laissant entendre que vous pouviez avoir des aventures d'un soir, dit-il sèchement.

— Et vous m'avez bel et bien froissée, pour reprendre votre expression. Tout le monde ne vous ressemble pas, Rafe ! Je cherche un homme qui soit prêt à s'investir. Prêt à se marier.

— Se marier !

Elle hocha la tête.

— Oui. *Se ma-ri-er*, répéta-t-elle, détachant chaque syllabe, comme si elle s'adressait à un enfant en bas âge.

Puis elle se dirigea vers la porte.

Elle plaisantait. Cette fois il en était sûr.

— Allons, Lauren, c'est ridicule ! lança-t-il avec impatience. Vous ne pouvez pas décider de but en blanc de sortir pour trouver un homme avec lequel vous vous marierez. Ce n'est pas de cette façon que ces choses-là se passent.

Jusqu'à ce moment-là, Lauren avait accepté de jouer le jeu proposé par Jay, plus pour chasser Rafe de son esprit que pour marquer un point contre lui. Et elle savait que ces nouveaux vêtements et ce nouveau maquillage n'avaient rien changé à ses convictions. Mais entendre Rafe anéantir ses espoirs avec tant de mépris, tant de certitude dans la voix, la poussa à jouer son rôle jusqu'au bout.

— Vous voulez parier ? rétorqua-t-elle, sereine, avant de quitter la pièce.

La porte se referma sur la jeune femme, et Rafe s'agrippa aux accoudoirs de son fauteuil pour lutter contre son désir de la suivre.

Décidément, se dit-il, rageur, ces derniers temps, elle avait le chic pour mettre une barrière entre eux avant qu'il ne trouve un moyen de lui faire entendre raison ! Mais il avait du mal à croire qu'elle ait interprété de la sorte ses conseils pratiques. Se fixer le mariage pour but... Quelle folie ! On ne décidait pas de se marier. Cela se produisait sans qu'on s'y attende — comme un accident de voiture.

Et puis, s'objecta-t-il, aucune personne dotée de toutes ses facultés mentales ne pouvait envisager de passer sa vie entière auprès d'un seul être. Rentrer tous les soirs pour parler, dormir — *faire l'amour* — avec ce Jay Leonardo ? Non !

Le simple fait d'imaginer Lauren dans les bras d'un type pareil le rendait malade.

D'ailleurs, elle n'avait nul besoin de sortir, à son âge, se dit-il avant de grimacer au souvenir de la vie de patachon qu'il menait lui-même à vingt-quatre ans. Mais il était alors dans la Marine. Et il était un homme ! Lauren, elle... Oui, Lauren était trop jeune, trop douce, bien trop innocente pour savoir ce qu'elle disait. Elle n'avait aucun besoin d'un homme. Elle avait un chef. Lui.

Et il entendait bien rester son chef ! décida-t-il. Il n'y avait aucune raison pour qu'elle change de service. Ils avaient l'habitude de travailler ensemble. Ils s'entendaient bien. L'ordre actuel des choses lui — *leur* — convenait à merveille.

Du moins en était-il ainsi avant que Kane Haley ne l'informe de ses problèmes personnels, s'objecta-t-il. Car depuis, tout semblait aller de mal en pis. Mais la vie reprendrait bientôt son cours normal dans l'entreprise. Il en était sûr.

8.

Une semaine entière s'écoula avant que Lauren ne s'aperçoive que quelqu'un sabotait son projet. Et elle ne l'aurait peut-être pas remarqué si elle n'avait croisé Julia Parker dans les toilettes pour femmes, un jour, après la pause déjeuner.

— Votre nouvelle coupe de cheveux me plaît beaucoup, dit Julia à Lauren qui se recoiffait. Et cette tenue vous va très bien.

— Merci.

Pendant que Julia cherchait dans son sac sa trousse à maquillage, Lauren s'admira dans la robe vert émeraude qu'elle portait ce jour-là avec des collants fantaisie et des bottes en daim noires. Ce compliment lui était fort agréable, surtout venant de Julia, réputée pour son goût très sûr dans tous les domaines. Même enceinte de six mois, la jolie blonde restait une référence en matière d'élégance.

Cela conforta donc Lauren dans son nouveau désir de plaire. Depuis une semaine, elle était consciente d'attirer l'attention de tous les employés de l'entreprise, et elle se rendait compte qu'auparavant elle s'était cachée derrière ses cheveux, ses lunettes et ses amples vêtements. Ces attributs avaient été en quelque sorte sa tenue de camouflage pour se protéger des éventuels regards masculins.

Au demeurant, aucun homme ne lui avait fait jusqu'ici la moindre remarque sur sa nouvelle apparence. A l'exception de Rafe, le jour où elle lui avait annoncé qu'elle souhaitait travailler dans un autre service. Et il s'était borné à observer qu'elle ne portait plus de lunettes, ce qu'elle pouvait difficilement considérer comme un compliment.

Depuis, il l'ignorait. Il paraissait même contrarié quand elle arrivait avec une nouvelle tenue, et tournait la tête.

Cette attitude la blessait, mais elle se disait qu'elle aurait moins de mal à tirer un trait sur lui s'il continuait à se montrer aussi désagréable. De plus, elle quitterait le service avec grand plaisir, ravie de ne plus passer avec lui cinq jours par semaine.

Ce n'était pourtant pas de gaieté de cœur qu'elle avait demandé ce transfert. Elle aimait ce service, elle aimait travailler avec Rafe. Elle l'oublierait cependant plus facilement si elle cessait de le côtoyer. Démissionner de l'entreprise eût certes été plus efficace, mais elle doutait de pouvoir gagner autant dans une autre compagnie. En outre, on ne cherchait pas un emploi au moment des fêtes sans courir à l'échec.

— Alors, qu'est-ce qui est à l'origine de cette métamorphose ? lui demanda Julia en ouvrant son tube de rouge à lèvres. L'approche d'une nouvelle année ?

— Euh… un peu. Et puis tout simplement l'envie de changer !

— Félicitations. Le résultat est très réussi.

Lauren la remercia d'un sourire, avant de considérer, une nouvelle fois, le reflet que lui renvoyait le miroir. C'était étonnant de voir combien de nouvelles couleurs liées à un style un peu glamour pouvaient attirer les regards.

Les regards *féminins*, rectifia-t-elle en réprimant une grimace.

En fait, depuis une semaine, Jay passait tous les soirs la voir et lui enseignait les techniques et secrets du maquillage. Malheureusement, elle n'avait pu lui apprendre aussi comment attirer les hommes…

— Souris-leur davantage. Regarde-les dans les yeux. Sois plus aimable, lui avait conseillé son amie.

Elle avait donc souri à tous les hommes qui passaient à côté d'elle. Jusqu'ici, cela ne s'était soldé par aucun résultat notoire. Pourtant, au début, elle avait eu l'impression que Frank Stephens, du service relations publiques, ne restait pas insensible à ces tentatives d'approche.

Elle l'avait croisé dans le couloir quelques jours plus tôt, et il l'avait accompagnée jusqu'à la section réservée aux cadres de l'entreprise, en lui vantant les mérites d'un petit restaurant qu'il venait de découvrir. Elle pensait qu'il allait l'inviter à dîner quand Rafe était apparu et s'était mêlé à la conversation. Il avait proposé à Frank de le suivre dans son bureau pour lui donner les coordonnées d'un établissement en vogue. Quand Frank était ressorti, il avait salué Lauren d'un bref signe de tête.

A cette pensée, la jeune femme soupira et se tourna vers sa collègue qui était en train de se repoudrer le nez et qui, elle, avait toujours eu du succès auprès des hommes. Désireuse de provoquer quelques conseils, elle avoua à sa collègue :

— Il n'y a que trois femmes de l'entreprise et vous, Julia, qui ayez observé ces changements. Les hommes, eux, n'ont rien vu.

— C'est ce que vous croyez ! Quand vous êtes sortie de la salle de pause, l'autre jour, Ken Lawson vous buvait du regard. Il a même hésité à vous suivre.

Lauren hocha la tête. Elle avait en effet distingué un certain intérêt dans le regard de Ken le jour où elle portait sa robe couleur mandarine, celle qui était un peu décolletée.

— Mmm… J'ai pensé un moment qu'il me proposerait de boire un verre en fin d'après-midi, mais rien n'est venu.

— Qu'y a-t-il là d'étonnant ? s'exclama Julia avec une moue comique. Rafe supervise bien le service des relations publiques, non ?

Lauren referma lentement son tube de rouge à lèvres.

— Exact… mais je ne vois pas le rapport.

— Si la rumeur que j'ai entendue est fondée, Rafe aurait décrété que sortir avec vous n'était pas ce qu'il qualifierait de « manœuvre très intelligente » au sein de l'entreprise. Il faisait sans nul doute allusion à la progression d'une carrière…

La jeune femme en lâcha son tube de rouge à lèvres. Ivre de rage, elle le ramassa et le lança dans sa trousse à maquillage.

— De quel droit ce… ce…

Lauren ne trouvait pas de mot assez fort pour exprimer ce qu'elle pensait de son chef.

Mi-amusée, mi-intriguée, Julia lui souffla :

— Pauvre crétin ? Goujat ? Ignoble individu ?

— Tout cela ! Comment a-t-il pu… ?

Elle se tut de nouveau, suffoquant presque, tandis que Julia l'observait avec curiosité.

— Pensez-vous que Rafe tienne ces hommes à distance parce que vous l'intéressez ?

— La seule chose qui intéresse Rafe Mitchell, c'est d'agir comme bon lui semble sans tenir compte de l'opinion d'autrui !

— Alors, qu'envisagez-vous de faire ? insista Julia.

— Il y a une seule chose que je puisse faire.

Elle tira d'un geste sec la fermeture Eclair de son sac avant d'ajouter :

— Prendre mon après-midi et le passer dans le quartier des boutiques !

Julia écarquilla les yeux.

— Mais qu'en dira Rafe ? Ne risque-t-il pas de s'en for-maliser ?

— Non, puisque ce shopping lui est destiné…

Et sur cette réponse énigmatique, Lauren s'esquiva.

La réunion ajournée avec Kane venait tout juste de prendre fin quand Lauren se leva.

— Excusez-moi mais je dois vous fausser compagnie pour passer quelques coups de fil.

Les deux hommes hochèrent la tête. Rafe l'observa tandis qu'elle rassemblait ses notes et constata qu'elle avait l'air pré-occupé. Il reporta son attention sur Kane, qui devait relire le dernier bilan financier de Bartlett… et s'aperçut que le P.-D.G. de l'entreprise avait lui aussi les yeux rivés sur Lauren.

Il réprima un soupir. Il en avait assez de regarder les hom-mes regarder sa secrétaire !

Ils étaient tous autour d'elle, comme des mouches autour d'un pot de confiture. Et cela l'agaçait sérieusement. Quelques jours plus tôt, l'un de ces fervents admirateurs l'avait même suivie jusqu'au secteur des cadres. Rafe s'était trouvé dans l'obligation d'attirer le scélérat — Frank Stephens pour ne pas le nommer — dans son bureau, pour lui demander de concentrer son attention sur son travail — plutôt que sur Lauren. Il avait dû se montrer aussi clair envers Ken Lawson, et deux autres employés du service informatique.

Mais il ne le regrettait pas, car le mot semblait être passé, et nul n'importunait plus Lauren. Il était même certain qu'elle n'était sortie avec personne de l'entreprise, le soir, car il la retenait assez tard au bureau. Ces horaires avaient probablement aussi freiné l'ardeur de ce Jay Leonardo — dont elle continuait pourtant de mentionner le nom de temps en temps.

Oui, il pensait que le pire était désormais écarté. Et voilà qu'il surprenait le grand patron à scruter les hanches moulées de rouge de Lauren !

Dès qu'elle eut quitté la pièce pour entrer dans son box, Kane se tourna vers lui.

— Elle a beaucoup changé, déclara-t-il avec un petit sourire. Cette coupe de cheveux lui va très bien.

— Absolument !

Rafe n'avait pas cherché à gommer le sarcasme de sa voix, car ce n'était pas la chevelure de la jeune femme que fixait Kane, quand elle s'était éloignée d'eux !

En voyant le sourire de ce dernier s'élargir, Rafe se surprit à grincer des dents.

— Où en es-tu de ces recherches dont tu m'as parlé il n'y a pas très longtemps ? lança-t-il, pressé de changer de sujet.

Le sourire de Kane se dissipa aussitôt.

— Au même point. Le travail de mon avocat n'avance pas, et je n'ai aucune nouvelle piste.

Il posa sur le bureau le document qu'il tenait toujours à la main, et soupira.

— Je devrais peut-être abandonner cette affaire.

— Non. C'est impossible. Il faut que tu retrouves cette femme mystérieuse, dit Rafe d'un ton ferme.

Ces propos lui valurent un regard étonné de son interlocuteur.

— Tu m'as pourtant dit l'autre jour que je perdais mon temps, et qu'elle risquait de ne pas apprécier mon intervention.

— Peut-être, mais j'ai changé d'avis. Si tu abandonnes maintenant, tu te demanderas toujours… « Et si… ? Et si… ? »

— Et si quoi ? s'enquit Kane, perplexe.

Rafe, qui ne savait plus ce qu'il comptait dire, eut un mouvement d'humeur avant de se souvenir des arguments que son patron avait lui-même exposés quand il s'était confié à lui.

— « Et si elle a besoin de moi ? Si l'enfant a besoin de moi ? » Voilà pourquoi tu dois poursuivre ces recherches.

Et tu vas arrêter de dévorer ma secrétaire du regard, n'osa-t-il ajouter.

— En fait, je pense qu'il me serait impossible d'en rester là, Rafe. Même si je le voulais.

Rafe se raidit sur son siège.

— Je ne cesse d'y songer, de m'interroger sur l'identité de cette femme, de me demander si elle va bien.

Rafe se détendit dès qu'il comprit que Kane parlait de la femme mystérieuse, pas de Lauren.

Le P.-D.G. de l'entreprise se leva, prêt à partir, et Rafe l'imita afin de le raccompagner à la porte.

— Tiens-moi au courant si des problèmes se présentent dans l'affaire Bartlett. De toute façon, vous devez vous rendre sur place la semaine prochaine, Lauren et toi, pour la signature du contrat, non ?

Rafe acquiesça.

— Parfait. Je me sentirai mieux quand tout sera bouclé.

Moi aussi, songea Rafe en refermant la porte sur Kane. Ce genre de marché ne lui posait en général aucun problème. Mais il avait en ce moment beaucoup de mal à se concentrer sur son travail. Et c'était la faute de Lauren. Il passait le plus clair de son temps à éloigner de son entourage des mâles aux allures de prédateurs !

Et ce n'était pas tout. Cette nouvelle Lauren avait sur lui un effet des plus curieux. Il n'aimait pas cette nouvelle coupe de cheveux, ces nouveaux vêtements. Il n'arrivait pas à s'y habituer. Sa secrétaire avait toujours été là quand il avait besoin d'elle, à la fois efficace et effacée. Et cette personne-là lui manquait. Tout comme lui manquait la camaraderie qui les liait l'un à l'autre.

Physiquement, en revanche, la nouvelle Lauren lui plaisait. Beaucoup. Trop, même. Raison pour laquelle il évitait de la regarder souvent. L'ensemble rouge qu'elle portait aujourd'hui, par exemple, et qui avait retenu l'attention de Kane…

À ce moment-là, l'objet de ses pensées se matérialisa sous ses yeux, et Rafe laissa échapper un petit grognement. Il remarqua que Lauren affichait un air curieusement coupable. Sans doute parce qu'elle le dérangeait. Si elle avait su à quel point elle le dérangeait, depuis quelques jours…

— Mmm… Que se passe-t-il ?

— Il y a… dans le couloir, quelqu'un qui… désirerait vous voir.

— Eh bien, faites entrer ce quelqu'un, nom d'une pipe !

Face à cette mauvaise humeur, elle serra les lèvres, l'enveloppa d'un regard glacial puis hocha la tête.

— Très bien.

Cinq secondes plus tard, Nancy passait le seuil du bureau, vêtue d'un manteau de fourrure blanc. Un sourire extatique aux lèvres, elle se dirigea vers lui.

— Rafe chéri, ça me plaît tellement !

— Que… ?

Le baiser fougueux de la jeune femme l'empêcha de formuler sa question. Abasourdi, il mit quelques instants à réagir.

— De quoi diable parles-tu ? lança-t-il enfin en lui posant les deux mains sur les épaules afin de la maintenir à distance.

— Espèce de farceur ! roucoula-t-elle. De ceci, bien sûr.

Bombant le torse, elle ouvrit son manteau sur une robe noire en jersey moulant, au décolleté assez prononcé. Il fallut à Rafe un certain temps pour remarquer le pendentif qu'elle montrait pourtant ostensiblement : un cœur en diamants.

— C'est… très joli, dit-il, décontenancé.

— *Joli ?* J'adôôôre ton cadeau de Noël !

— Mon… ? Mais…

Il retint son souffle et, prompt à se ressaisir, enchaîna :

— Je suis très surpris que tu l'aies reçu si vite.

— Le bijoutier me l'a fait parvenir dans les plus brefs délais. Quelle folie, Rafe ! M'offrir un *Moustier*... Mais ce qui m'a touchée bien plus que la valeur réelle de ce cœur en diamants, c'est ce qu'il contient.

Rafe sentit des gouttes de sueur perler à son front.

— Ce... qu'il contient ? répéta-t-il d'une voix blanche.

Nancy s'esclaffa de nouveau, et ce rire de gorge lui vrilla les tympans.

— Ta photo ! Pour ne rien te cacher, je ne t'ai d'ailleurs pas reconnu tout de suite avec cette moustache.

Une moustache ? se répéta-t-il, si stupéfait qu'oubliant toute mesure de prudence il tendit la main vers le bijou, trouva le déclic qui l'ouvrait, et... fut confronté à sa propre image. Avec moustache, en effet. Il ressemblait au mauvais garçon d'un film de série C ! Non contente d'avoir utilisé la photo de son permis de conduire sur laquelle il avait tout l'air d'un criminel, Lauren — car cette odieuse plaisanterie venait d'elle, évidemment ! — lui avait dessiné une fine moustache.

— Et l'inscription..., susurra la blonde en lui serrant le bras.

Rafe baissa les paupières, pressentant le pire...

— « A toi pour la vie, Raffy ». Raffy... Comme c'est mignon ! Et est-ce bien vrai que tu es à moi pour la vie ?

Certainement !

— Eh bien... Je...

Une autre voix féminine retentit alors derrière eux.

— Rafe, mon chou !

Il eut l'impression que son sang se glaçait dans ses veines. Lauren n'avait tout de même pas...

La mort dans l'âme, il se tourna vers la porte, où venait d'apparaître une rousse flamboyante vêtue d'un long manteau

84

de cuir noir. Son regard fut immédiatement attiré par le cœur en diamants qui scintillait à son décolleté.

— Bonjour Barbara, dit-il d'une voix à peine audible.

Un sourire dangereux aux lèvres, la rousse fondit droit sur le couple. Elle s'arrêta à quelques centimètres à peine de Nancy, laquelle respirait maintenant à petits coups, et tendit ses griffes vers le cœur que portait cette dernière.

— Voyons ? « A toi pour la vie, Raffy ». J'aurais attendu de toi un peu plus d'originalité… *Raffy* !

Elles dardaient maintenant sur lui des regards meurtriers.

— Je… J'ai bien peur qu'il n'y ait eu un malentendu.

A partir de ce moment-là, la parole fut aux femmes. Les accusations ne cessèrent de pleuvoir sur le pauvre Raffy. Quand Maureen arriva, deux minutes plus tard, elle jugea la situation en une seconde et joignit ses récriminations à celles de ses sœurs d'infortune.

Cible de cette avalanche, Rafe, qui s'était muré dans un silence prudent, ne bougeait pas.

Au bout de longues, très longues minutes, elles se dirigèrent toutes trois vers la sortie, menton et épaules relevés. Lauren les vit passer derrière la porte vitrée de son box, et ressentit une violente envie de quitter, elle aussi, les lieux. Mais, comme cela lui était professionnellement impossible, elle resta assise à son bureau pour attendre la riposte de Rafe.

Mais la pièce voisine restait silencieuse. Terriblement silencieuse.

Cette idée lui avait paru lumineuse trois jours auparavant. Elle se vengerait ainsi du manque d'élégance dont avait preuve Rafe à son égard. S'ingérer de cette façon dans sa vie privée…

Mais, à présent, elle avait l'impression d'avoir jeté Rafe dans une cage aux lionnes, et son idée lui paraissait un peu moins géniale.

En fait, dès son réveil, elle avait commencé à regretter ces représailles, et elle aurait annulé les rendez-vous avec les trois jeunes femmes, pris à quelques minutes d'intervalle, si son chef s'était montré plus courtois.

« Mais, après tout, tu n'as rien fait de mal, se répéta-t-elle en essuyant sur sa jupe ses mains moites. Ne voulait-il pas que tu te charges de choisir et d'acheter des cadeaux pour ses amies ? Tu as suivi ses directives, rien de plus. »

Le silence, qui s'éternisait, accentuait sa sensation de malaise. Incapable de supporter un instant de plus la situation, Lauren se leva, prête à aller prendre une tasse de thé dans la salle de repos.

Au moment même où elle tournait la poignée de la porte, la sombre silhouette de Rafe se dessina derrière le verre dépoli.

— Vous partiez ? s'enquit-il d'une voix de velours.

D'appréhension, la jeune femme recula comme il avançait d'un pas. Puis, soucieuse de se donner une contenance, elle retourna à son bureau d'une démarche qui se voulait nonchalante. Elle avait lu un jour que, face à un animal dangereux, on ne devait surtout pas trahir sa peur. Elle se sentit toutefois soulagée quand ils furent séparés par la largeur du bureau.

— Que vous est-il donc passé par la tête ? reprit-il, d'un ton plus sec, cette fois.

— Passé… par la tête ?

— Oui. Pourquoi diable avez-vous acheté ces bijoux ? Chez Moustier, qui plus est !

Lauren s'éclaircit la voix.

— Vous m'aviez dit que le prix n'avait pas d'importance, répliqua-t-elle prudemment.

— Toute proportion gardée ! Et étiez-vous obligée de leur acheter la même chose à toutes les trois ?

— J'essayais seulement de me conformer à vos ordres…

— Tiens donc ! C'est *moi* qui vous ai demandé de mettre ma photo dans ces cœurs en diamants ? *Moi* qui vous ai suggéré de dessiner une moustache ? *Moi* encore qui vous ai soufflé cette ridicule inscription ? *Raffy* !

Bouillant de rage, il lâcha un juron.

Lauren serra les poings et se leva, comme mue par un ressort.

— Je vous serais reconnaissante de surveiller votre langage ! Tout cela est votre faute !

— Pardon ? *Ma* faute ?

— Exactement ! Si vous n'aviez pas recommandé à tous les hommes de l'entreprise de ne pas m'approcher…

— Je… Oh… Il s'agit donc de cela ?

L'air soudain dérouté, il se redressa.

— Oui, *il s'agit de cela !* déclara-t-elle en le singeant. Comment avez-vous pu vous comporter ainsi ?

Elle avait contourné le bureau et se tenait en face de lui.

Visiblement nerveux, Rafe se passa une main dans les cheveux, avant de rétorquer :

— Mais j'essayais de vous aider…

— De *m'aider* ? Et comment ? En terrorisant tous ceux qui ont envie de m'approcher ?

Elle s'apprêtait à tourner les talons et à partir en trombe, quand il la retint par les épaules.

— Allons, Lauren. Vous n'avez aucune envie de sortir avec ces types…

— Il me semble que c'est à moi d'en décider ! J'ai encore du mal à croire que vous ayez pu faire une chose pareille…

D'ailleurs, elle ne comprenait pas ce qui l'avait incité à tenir à distance ses éventuels prétendants, tout comme elle ne s'expliquait pas en quoi son désir de connaître le bonheur pouvait le concerner.

A cette pensée, elle se sentit trembler et dut se mordiller les lèvres pour que Rafe ne devine surtout pas son trouble. Elle devait rester ferme. Et s'éloigner de lui au plus vite.

Elle tenta, en vain, de reculer.

— Je ne voulais pas vous blesser, Lauren. Je cherchais au contraire à vous protéger. Je voulais aussi que tout rentre dans l'ordre, que tout redevienne comme avant, que…

Et, comme il s'étranglait sur ce qu'il cherchait à dire, il se reprit pour aller au plus court.

— Voilà ce que je voulais…

Et, sans plus tergiverser, il l'embrassa sur les lèvres.

9.

En venant trouver la jeune femme, Rafe n'avait pas envisagé une seule seconde de l'embrasser. Il s'agissait là d'un geste impulsif, généré probablement par la tension qui régnait entre eux. Quand il l'avait vue se mordiller ainsi la lèvre…

Mais, dès que leurs lèvres se joignirent, Rafe sut qu'il ne le regretterait pas. La bouche de Lauren était douce, tiède, et, d'instinct, il resserra son étreinte. Le corps menu et souple se lova contre le sien.

Etait-ce bien Lauren, sa secrétaire, qu'il tenait dans ses bras ? Lauren qui répondait à ses baisers ? Cela lui semblait à la fois si étrange et si naturel…

Il prit le fin visage entre ses mains et le parcourut de baisers avant de capturer de nouveau les lèvres qui s'offraient. Ce mélange de timidité et de hardiesse était irrésistible. Rafe avait embrassé des dizaines de femmes dans sa vie, mais ne se rappelait pas avoir éprouvé des sensations aussi troublantes. Aussi intenses.

Rafe l'embrassait ! Cette pensée ricochait dans l'esprit de Lauren tandis qu'elle se sentait faiblir de plus en plus dans les bras qui l'étreignaient. La tête lui tournait, comme si elle avait trop bu. Ces baisers la grisaient. Les yeux clos, elle s'abandonna contre lui en lâchant un petit gémissement. Elle était si bien, blottie contre ce torse puissant, tandis que les mains caressantes couraient le long de son dos et la faisaient vibrer de plaisir.

Soudain elle se raidit : les doigts brûlants de Rafe frôlaient les pointes tendues de ses seins.

— Non ! lança-t-elle d'une voix étouffée.

Et elle s'écarta de lui. La lumière de la pièce l'éblouit. Elle cligna des paupières et retint son souffle à la vue du visage de Rafe. Il était à peine reconnaissable avec ses traits tendus, son regard luisant de désir.

— Lauren…

— Non !

Cette fois, c'était un cri qui avait jailli de ses lèvres.

— Ce… ça ne m'intéresse pas. Tout cela n'est qu'un jeu pour vous. Un jeu auquel je refuse de jouer ! Je n'ai aucune envie d'être l'une de vos « amies »…

Immobile, il continua de la fixer en silence. La flamme qui dansait dans ses yeux était bien plus éloquente que tous les discours passionnés qu'il aurait pu lui tenir. Il en coûta à Lauren de se soustraire à ce regard, mais elle y parvint. Une fois dans le couloir, elle lâcha un long soupir de soulagement et accéléra le pas, autant que le lui permettaient ses jambes flageolantes.

La tête penchée de côté, Rafe regarda la jeune femme disparaître, et un lent sourire se peignit sur ses lèvres.

La façon brusque dont elle avait interrompu leur étreinte signifiait que celle-ci l'avait ébranlée autant que lui, se dit-il. Et il s'en réjouissait, parce que, désormais, toutes les pièces du puzzle s'emboîtaient. Il désirait Lauren, et depuis des mois, sans doute. Quant à elle, elle avait changé d'apparence parce qu'elle cherchait un homme. Et elle l'avait trouvé. Car cet homme, c'était *lui*.

Bien sûr, elle refuserait de l'admettre, s'objecta-t-il. Dans l'immédiat, du moins. Parce qu'elle était en quête d'un homme de rêve, avec lequel elle vivrait une relation de rêve. Or précisément, cela n'existait pas dans la réalité. Seule sa naïveté idéaliste la poussait vers le mariage. Elle était trop inexpérimentée pour savoir que « amour » ne rimait pas avec « toujours ».

Or lui-même se considérait comme un homme expérimenté. Pas autant que semblait le croire Lauren, toutefois. Car, s'il avait bon nombre d' « amies », comme elle venait de le souligner, ses relations avec elles ne dépassaient souvent pas le flirt. Et, quand il vivait une véritable histoire avec l'une de ces jeunes personnes, il lui était fidèle. Jusqu'à ce qu'ils se séparent, bien sûr.

Il serait donc fidèle à Lauren, décida-t-il, tant que durerait leur relation. Mais, bien sûr, celle-ci ne durerait pas à l'infini. Rien ne durait à l'infini. Lauren avait beau susciter en lui un désir d'une force assez rare pour qu'il en ait conscience, il savait que ce désir s'émousserait avec le temps. Alors, ils retrouveraient, pour peu qu'il sache rompre en douceur, les liens amicaux qui les unissaient avant que tout ne change entre eux.

Il ne lui restait plus qu'à apaiser les scrupules de la jeune femme. Ainsi que la colère qu'elle paraissait nourrir envers lui. Ils pourraient alors profiter pleinement de la nouvelle dimension de leur amitié.

Ce ne serait certes pas facile, s'avisa-t-il, mais il avait déjà eu affaire à des clients hostiles, et le stratagème à adopter dans ces cas-là était un peu le même. Il savait comment s'y prendre. Au départ, il chercherait à regagner sa confiance en lui rappelant les bons moments qu'ils avaient passés ensemble, combien ils avaient été proches. Et, quand elle se sentirait plus à l'aise avec lui, il franchirait l'étape suivante.

Il la ferait sienne.

10.

Agacée de sentir, pour la énième fois, le regard de Rafe qui la dévorait, pareil à une caresse, Lauren s'efforça de rester imperturbable, tout en étudiant son dossier. Elle ne s'agita pas sur son siège, ne tira pas sur sa jupe, et résista au désir de vérifier que son chemisier était toujours bien boutonné.

Elle attendit donc jusqu'à ce que, enfin, elle constate du coin de l'œil que Rafe reportait son attention sur le contrat posé devant lui. Alors seulement, elle se détendit et parvint à se concentrer un peu mieux sur la lecture des colonnes de chiffres qu'elle examinait toujours.

Mais son esprit continuait de vagabonder. Elle s'interrogeait sur le nouveau jeu de Rafe. Depuis qu'ils s'étaient embrassés, deux jours plus tôt, rien n'était plus pareil entre eux. Elle lui avait dit qu'elle ne tenait pas à entrer dans le clan de ses « amies », et il semblait s'être résigné.

C'était bien cela qui inquiétait la jeune femme. Le Rafe qu'elle connaissait n'acceptait pas de bonne grâce une décision qu'on lui imposait. Le Rafe qu'elle connaissait n'aurait pas non plus résisté au plaisir de lancer quelques boutades sur cet... écart de conduite. Or, il n'y avait pas fait la moindre allusion.

Dans un premier temps, elle s'en était réjouie. Cette discrétion, inhabituelle venant de lui, la soulageait. Puis, elle s'était aperçue qu'il avait adopté en fait une autre stratégie. Ces deux derniers jours, la tension qui régnait dans l'air quand il s'approchait d'elle était presque palpable, parce qu'il la fixait comme un aigle prêt à fondre sur sa proie.

Soit, elle admettait au fond d'elle-même être flattée par ce brusque intérêt. Flattée, mais aussi et surtout *terrifiée*. Après avoir passé d'assez mauvais moments à lutter contre son attirance pour Rafe, alors que celui-ci ne lui prêtait aucune attention, elle avait encore plus de mal à supporter ces longs regards appuyés.

Il fallait que cette situation cesse ! décida-t-elle. Et sans plus tarder. Car, si elle avait changé, Rafe, lui, était toujours le même. Certes, il la trouvait à présent digne d'intérêt, mais il restait opposé à l'amour, aux relations durables, et donc au mariage. En d'autres termes, il était l'exemple type de la catégorie masculine qu'elle avait tout intérêt à fuir.

Eh bien, se dit-elle, exaspérée, qu'il réserve ses regards brûlants à d'autres ! D'autres Nancy, Barbara et Maureen, qui figureraient bientôt sur son carnet d'adresses. Et, puisque, en dépit de tous ses efforts pour le refroidir, il ne saisissait manifestement pas le message, elle allait sans détour lui exprimer le fond de sa pensée.

— Rafe ?

— Mmm… ? murmura-t-il, sans lever les yeux du contrat qu'il faisait mine d'étudier.

— A propos de ce baiser…

D'abord, il ne bougea pas. Puis il releva lentement la tête, jusqu'à ce que leurs regards se croisent. Et toujours sans mot dire, le visage impénétrable, il la fixa.

— Vous savez bien… celui de l'autre jour…

Elle s'arrêta net et se mordit la lèvre, tant elle se trouvait maladroite.

— Je pense que nous devrions en parler, reprit-elle, plus ferme.

Un sourcil levé, Rafe posa le contrat sur son bureau. Le sourire qu'il lui adressa alors commença à la faire fondre…

— Vous voulez que nous parlions de ce baiser ?

— Ou… oui.

— Parfait.

Médusée, elle le vit se lever et contourner son bureau pour se placer juste devant elle.

— Voyons… Par quoi pourrions-nous commencer ? Vous ai-je dit combien vos lèvres étaient douces ?

Lauren sentit ses joues s'empourprer et secoua vigoureusement la tête.

— Non ! Ce n'est pas du tout ce que…

— Ou combien j'ai aimé votre façon de…

— Non !

—… vous blottir contre moi ? poursuivit-il, souriant toujours.

Cette fois, elle bondit de son siège, prête à la confrontation.

— Je n'envisageais pas de vous parler de… cela ! Je tenais à vous dire que… si cet épisode a été agréable, il ne signifie rien !

— Agréable ?

Elle acquiesça.

— Je pense donc que nous devrions tout oublier.

— Vous vouliez me parler de ce baiser pour me demander de l'oublier, Lauren ?

— Oui. Vous comprendrez, j'espère, que ce genre de… d'incident ne peut pas se reproduire.

Rafe l'examina, songeur.

— Je vois. Vous ne pensez pas que nous risquons ainsi de perdre une occasion unique ? Celle de mieux nous connaître…

— Je crois vous connaître suffisamment bien.

— Ah ? Et vous persistez à qualifier ce baiser d' « agréable » ? Rien de plus ?...

La jeune femme aurait aimé pouvoir lui répondre par la négative, mais n'osa pas, persuadée que Rafe n'hésiterait pas à la traiter de menteuse.

— Un peu plus, peut-être. Mais l'effet de surprise n'y est pas étranger, j'en suis sûre.

L'œil plus sombre encore qu'à l'accoutumée, il franchit la faible distance qui les séparait.

— Nous devrions peut-être retenter l'expérience…

— Certainement pas ! protesta-t-elle en reculant. Comme je vous l'ai dit, cela ne se reproduira plus. Plus jamais !

Il l'observa pendant un long moment, tandis qu'elle luttait pour garder une attitude toujours aussi ferme. Lorsqu'il reprit sa place à son bureau et saisit de nouveau le contrat, elle se détendit.

Jusqu'à ce qu'il déclare, sans la regarder :

— N'en soyez pas si sûre, Lauren. *Plus jamais* peut quelquefois paraître très long…

Rafe savait bien que la patience est une vertu. Mais il n'avait jamais été très vertueux. Surtout quand il désirait quelque chose, a fortiori une femme.

Toutefois, pendant les jours qui suivirent leur mise au point concernant leur premier baiser, il fit en sorte que sa relation avec sa secrétaire reste strictement professionnelle. Ils travaillaient ensemble, discutaient des affaires en cours, assistaient aux habituelles réunions. Il se comportait comme si rien ne s'était passé entre eux, et laissa Lauren établir entre eux une distance convenable sans lui montrer que cela le contrariait. Ce qui était pourtant le cas.

Un innocent frôlement de doigts, les effluves fruités de son nouveau parfum, le léger crissement de sa jupe sur ses collants… tout le rendait fou !

Voilà pourquoi, quatre soirs plus tard, il alla sonner chez elle, avec un excellent prétexte.

Il était tout juste 19 heures quand il frotta ses mains glacées et sonna de nouveau. Quelques secondes plus tard, Lauren lui ouvrait.

Cette fois, elle ne portait pas un vieux survêtement, mais un pull tunique du même gris-bleu que ses yeux, et un pantalon noir qui faisait paraître ses jambes plus longues encore. Cette fois aussi, ce ne fut pas avec un sourire qu'elle l'accueillit.

— Rassurez-vous, je ne suis pas venu vous ennuyer ! lança-t-il aussitôt. Il se trouve que je me promenais avec mon arbre, et, comme nous passions devant chez vous, j'ai pensé que vous ne refuseriez pas de lui offrir un verre d'eau.

Après déjeuner, il lui avait dit qu'il lui achèterait un sapin en sortant du bureau et le lui apporterait. Lauren avait refusé poliment, alléguant qu'elle s'était arrangée avec des amis cette année-là, pour le sapin.

Il ne l'avait pas crue. Et quand il avait vu ce petit sapin abandonné, tout au fond de la boutique d'un fleuriste, il avait deviné qu'il lui plairait. Lauren ne tournerait jamais le dos à cet étrange végétal égaré.

Pourtant, pendant un long moment, elle resta immobile à le regarder. *Lui*, et non l'arbre. Un moment si long qu'il pensa avoir échoué.

Puis elle baissa les yeux sur le sapin, et il sut qu'il venait de remporter la partie.

— Oh, Rafe… Où avez-vous trouvé cette pauvre chose ?

Elle ouvrit plus grand la porte, l'invitant ainsi à entrer.

Rafe sentit toute tension le déserter. Elle avait pris en pitié l'arbre, comme il l'avait imaginé. Il feignit toutefois un air offensé et souleva le sapin.

— Comment cela, « pauvre chose » ? Cet arbre est un citoyen de Chicago ! Il est né et a grandi dans la ville. Vous reconnaîtrez d'ailleurs vous-même qu'il a une certaine allure.

— Une drôle d'allure, même…, rectifia-t-elle avec un froncement de nez.

L'arbre ne mesurait pas plus d'un mètre cinquante de haut. Quant à ses branches, elles se déployèrent de façon belliqueuse tandis que Rafe essayait de le faire passer par la porte.

Non que ce sapin fût trop large, songea la jeune femme. Il paraissait plutôt fermement résolu à ne pas entrer dans son appartement. Dès que Rafe parvenait à replier l'une des branches rebelles, une autre manifestait des velléités d'indépendance.

Bientôt, des jurons étouffés retentirent dans l'air froid de l'hiver, désormais imprégné de senteurs de pin.

— Vous devriez peut-être le laisser libre, suggéra la jeune femme, après quelques minutes de lutte. Je n'ai pas l'impression qu'il veuille être apprivoisé.

— Pourtant, il le faudra bien. Que cela lui plaise ou non !

A ce moment-là, l'une des branches qu'il croyait tenir fermement lui échappa et lui cingla le visage.

— Ce n'est quand même pas un truc pareil qui…

— Je vais vous aider.

— Non, laissez. J'en ai maté plus d'un dans ce genre quand j'étais dans la Marine !

Comme il l'espérait, cette remarque eut l'heur de faire sourire sa compagne, et il se sentit récompensé de ses peines. Heureusement, quelques instants plus tard, ses efforts étaient couronnés de succès.

Lauren s'empressa de refermer la porte et maintint l'arbre, tandis que Rafe enlevait son manteau, son veston, et retroussait les manches de sa chemise.

— Je pense qu'il a bel et bien besoin de boire, déclara-t-il en emmenant l'arbre rebelle. Si vous alliez chercher votre support et de l'eau ? Je pense qu'il devrait se montrer plus docile, ensuite.

Elle se dirigea vers quelques boîtes empilées dans un coin de la pièce, et en sortit un support de sapin.

Celui-là même qu'il lui avait offert deux ans auparavant, nota Rafe avec un sourire de satisfaction.

Puis il remarqua qu'elle avait commencé à décorer l'appartement : des branches de houx au-dessus de la cheminée, des bougies rouges et vertes, des pommes de pin dorées. Tout comme il constata qu'une bonne odeur de cannelle flottait dans l'air, et en déduisit qu'elle avait fait des pâtisseries.

Il plaça l'arbre sur son support et demanda à Lauren de bien le tenir pendant qu'il l'abreuvait. Il ne voulait pas lui laisser le temps de se rappeler qu'elle ne le portait pas particulièrement dans son cœur, ces derniers temps.

— Si vous me proposiez à moi aussi une boisson, je ne dirais pas non, déclara-t-il avec un sourire charmeur.

— Une boisson chaude ou un rafraîchissement ?

— Je préférerais quelque chose de chaud, lui répondit-il en la dévorant du regard.

Gênée, elle s'empressa de battre en retraite en annonçant :

— Dans ce cas, je vais préparer du thé.

Mais à peine fut-elle réfugiée dans la cuisine qu'elle se demanda pourquoi elle l'avait laissé entrer, et pourquoi c'était si difficile de dire « non » à cet homme.

Tout en soupirant d'agacement, elle remplit la bouilloire et la brancha.

« C'est très gentil à vous, Rafe, mais je n'en veux pas, merci. »
Voilà comment elle aurait dû l'accueillir, se dit-elle. Que s'imaginait-il ? Qu'il suffisait qu'il apparaisse avec un sapin pour
qu'elle succombe ? Uniquement parce qu'il avait eu un geste si
attentionné, si charmant, si… Eh bien, ce serait trop facile !

Fulminant toujours en son for intérieur, elle posa sur un plateau
une tasse de thé ainsi qu'une assiette de biscuits qu'elle venait
de préparer, et regagna le salon. Là, elle s'arrêta sur le seuil.
Allongé sur le ventre, Rafe renforçait les fixations du support
de l'arbre. La gorge sèche, Lauren laissa son regard se promener
sur ce dos musclé, ce bassin étroit, ces longues jambes…

Puis elle tourna vivement la tête.

— Je vais chercher mes décorations, lança-t-elle d'un ton
brusque en posant le plateau sur la table basse.

— Voilà qui me rappelle que…

D'un geste souple, il se releva et se frotta les mains.

—… j'ai oublié quelque chose dans ma voiture.

Il rejoignit la porte en quelques enjambées et disparut. Lauren
se mordit la lèvre. La sagesse et la prudence lui dictaient de
fermer à double tour. Mais, au lieu de cela, elle avança vers le
seuil, le regarda prendre des paquets dans son coffre, et remonter
deux à deux l'escalier.

Il n'était même pas essoufflé quand il la rejoignit. Après avoir
refermé la porte sur lui, il tendit deux paquets à Lauren.

— De… quoi s'agit-il ?

— Ce sont vos cadeaux de Noël.

Elle lui opposa un regard suspicieux.

— Vous ne m'avez jamais rien offert jusqu'ici…

— Il y a une première à tout ! Ce ne sont que deux petites
choses qui ont attiré mon attention pendant que je faisais du
shopping.

— Pendant que *vous* faisiez du shopping ? répéta-t-elle, un
sourcil levé.

Au souvenir des dernières emplettes de la jeune femme, il se rembrunit.

— Je ne suis peut-être pas aussi créatif que *vous*... mais je suis tout de même capable de choisir un cadeau ! Allons, Lauren, ce n'est pas grand-chose ! Ouvrez ces paquets.

Comme il l'espérait, la curiosité féminine l'emporta. Il lui emboîta le pas tandis qu'elle retournait dans le salon et s'asseyait dans un fauteuil. Les bras croisés, il la vit poser à côté d'elle le plus petit des paquets et mettre le plus gros sur ses genoux.

— Un jeu d'échecs ! s'exclamait-elle, quelques instants plus tard.

L'air émerveillé, elle fixait les figurines alignées. La moitié était de verre, l'autre de verre dépoli.

— C'est superbe, Rafe... mais je ne sais pas jouer aux échecs, fit-elle en levant les yeux sur lui.

— Je vous apprendrai.

La promesse qu'elle lut dans ses prunelles de braise l'incita à baisser aussitôt les paupières. Marmonnant quelques mots de remerciement, elle entreprit d'ouvrir l'autre paquet. Il contenait une ravissante figurine en porcelaine qui représentait un angelot.

— Oh..., chuchota-t-elle, séduite par la finesse des courbes qu'elle caressait du bout des doigts. C'est...

— Je suis ravi qu'il vous plaise, déclara-t-il, comme elle se taisait.

Et il ne mentait pas. La joie qu'il lisait sur le visage de la jeune femme le réjouissait bien plus qu'il ne l'avait imaginé. Dès qu'il avait vu cette figurine si délicate dans la vitrine du magasin, il avait pensé à Lauren. Et il l'avait achetée, enchanté de trouver quelque chose qui, il en était sûr, lui plairait.

D'autant plus qu'elle s'était elle-même donné beaucoup de mal pour lui faire un cadeau.

Car il avait deviné ce qu'elle s'apprêtait à lui offrir. Pendant ces deux derniers jours — alors qu'elle s'employait à l'ignorer —, il avait repassé à la mémoire tout ce qui s'était produit récemment, afin de détecter toutes les erreurs qu'il avait commises. Il s'était, bien sûr, remémoré cette fameuse soirée qui était à l'origine de la situation actuelle. Cette soirée durant laquelle il avait accumulé les bévues.

Et l'image du pull-over qu'était en train de tricoter Lauren avait pris forme dans son esprit. Un pull trop grand pour une femme. Peut-être le destinait-elle à son nouvel ami, Jay, mais il en doutait. Ce ton chocolat était une couleur qu'il portait souvent, lui. D'ailleurs, elle lui avait tricoté une écharpe d'un beau brun soutenu, l'année précédente.

Après avoir longuement réfléchi, Rafe en était arrivé à la conclusion que le pull en question était son cadeau de Noël. Un cadeau qui représentait de longues heures de travail. Il ne voulait surtout pas la priver du plaisir de le lui offrir.

Conscient que le contexte actuel ne se prêtait guère aux présents, il avait décidé de lui faciliter la tâche.

— Vous n'avez rien pour moi ? lança-t-il alors avec un grand sourire.

— Oh... Si, bien sûr...

A contrecœur, la jeune femme posa l'angelot et se dirigea vers le coin salle à manger. Un plateau rempli de paquets attendait sur la table.

De petits paquets, observa Rafe en fronçant les sourcils. Beaucoup trop petits pour un pull-over, et à peu près tous de la même taille.

Elle en prit un au hasard, et revint vers lui. Il s'agissait d'un stylo plume.

— Un stylo ? dit-il.

— Il ne vous plaît pas ?

— Si... Si, bien sûr, mais je...

Il redressa la tête.

— N'était-ce pas un pull pour moi que vous tricotiez, l'autre jour ?

Lauren détourna le regard, comme si elle s'apprêtait à mentir.

— En effet, admit-elle néanmoins d'un ton sec. Mais j'ai changé d'avis.

Ha-ha ! Il faillit lâcher un cri de triomphe. Elle avait donc passé de longues heures à tricoter, pour *lui*.

— Allons Lauren, reprit-il d'un ton cajoleur. Ce n'est pas bien de ne plus vouloir me le donner. Ça me ferait tellement plaisir…

Lauren le dévisagea : une petite lueur amusée dansait dans ses prunelles, et il avait un sourire confiant.

— D'accord. Je vais vous le donner.

Elle avança vers le panier en osier posé près de la cheminée, se pencha et en sortit une énorme pelote de laine couleur chocolat, qu'elle lui lança.

Rafe l'attrapa machinalement et l'examina, stupéfait.

— *Ceci* est mon pull ?

— J'ai fait une erreur en tricotant. L'erreur est réparée.

— Ça devait être une erreur de taille…, observa-t-il, glacial.

Décidément, elle était bien rancunière ! Pour la première fois, il comprit que la faire changer d'avis ne serait pas aussi facile qu'il l'avait imaginé.

— Lauren…

Mais il fut interrompu par le carillon de la porte d'entrée.

— Ah, voici mes amis ! lança-t-elle en tournant les talons.

Jusque-là, Rafe n'avait pas cru qu'elle avait invité des gens à passer la soirée chez elle pour décorer la maison. De toute évidence, il s'était trompé.

— J'espère que nous ne sommes pas trop en retard ! s'exclama une jeune femme brune aux cheveux longs, suivie d'un homme blond. Sam vient tout juste d'arriver du magasin et... Oh !

A la vue de Rafe, elle se tut et décocha un regard en coin à Lauren.

— J'imagine que vous êtes...

— Rafe, oui.

Il glissa le stylo dans sa poche, coinça la balle de laine sous son bras gauche et avança vers la jeune femme, la main tendue.

— Et vous êtes... ?

— Je vous présente Jay, Rafe. Jay Leonardo, déclara Lauren en lui dérobant son regard. Je crois vous avoir parlé d'elle à plusieurs reprises. Et voici son fiancé, Sam McNelly.

Ainsi donc, il avait sous les yeux *le fameux* Jay, songea-t-il, amusé de sa méprise et du petit mensonge de Lauren — par omission, certes, mais mensonge quand même.

— Ravi de vous connaître, lança-t-il en saluant chaleureusement les nouveaux arrivés.

Il se sentait soudain le cœur léger, léger...

La sonnette retentit de nouveau.

Cette fois, lorsque Lauren ouvrit, elle fut confrontée à un sapin. Un sapin grand, beau, bien vert, avec des branches bien droites et bien fournies.

Le visage d'un homme apparut entre ses branches.

— Lauren ?...

Se surprendre à s'avancer, sans réserve, à l'accueil et à la splendeur de cet arbre de Noël, un sapin, et cela avec l'homme...

Devant Rafe, Sam, alors que ce sapin le poussait par la porte aux limites d'un possible, Jay... n'avait rien vu de ce qui était passé.

Comme l'éclair, quand s'illuminait l'autre, de deux fêtes pures, Rafe avait vers lui lancer une expression de sa satisfaction sur le visage.

11.

Peu importait à Rafe qu'un autre arbre arrive chez Lauren. Il aimait les arbres. Surtout les résineux. Sa tolérance ne s'étendait cependant pas à l'homme qui livrait le sapin.

Ce dernier avait des cheveux bruns et des yeux clairs. Reconnaissant aussitôt en lui un adversaire, Rafe le jaugea instinctivement du regard, comme il aurait jugé un autre boxeur sur le ring. Car, dès l'instant où Lauren avait ouvert la porte, l'inconnu n'avait cessé de la dévorer du regard.

— Le voici, comme promis ! dit-il à la maîtresse des lieux.

A l'entendre, songea Rafe, ironique, on aurait cru qu'il était allé l'abattre en pleine forêt au lieu de l'acheter chez le marchand !

Et sans attendre d'invitation, sans laisser à Lauren le temps de lui expliquer qu'elle avait *déjà* un sapin, il entra avec l'arbre.

Ecœuré, Rafe constata que ce sapin-là passait par la porte sans l'ombre d'un problème. Jamais il n'avait vu de sapin aussi passif.

Comme l'inconnu redressait l'arbre, de taille importante, Rafe avança vers lui pour l'aider, une expression de sympathie sur le visage.

— Pas de chance, mon vieux ! J'ai l'impression que vous vous êtes donné beaucoup de mal pour rien. Lauren a déjà ce qu'il faut…

Le brun releva la tête et fixa Rafe d'un air hagard, comme s'il venait tout juste de remarquer qu'il y avait d'autres gens que Lauren dans l'appartement. Puis il l'examina de pied en cap.

— Vous êtes… ?

— Rafe Mitchell.

— Rafe est mon chef, dit Lauren au nouvel arrivé en refermant la porte.

Puis elle reporta son attention sur Rafe, et lui expliqua poliment :

— Je vous présente Jeff Ingram. Jeff a aménagé au rez-de-chaussée il y a une dizaine de jours. Vous vous souvenez de Jay et de Sam, n'est-ce pas, Jeff ?

Ce dernier acquiesça et sourit au couple. Mais il ne sourit pas à Rafe. Tout en se mesurant du regard, les deux hommes se saluèrent d'un signe de tête.

— Vous êtes donc le chef de Lauren ? demanda Jeff d'une voix traînante.

Rafe plaqua sur son visage un sourire aussi radieux que faux.

— Eh oui, j'ai cette chance ! Chance d'autant plus appréciable que nous sommes aussi très bons amis.

Lauren pinça les lèvres et se rapprocha de Jay qui, assise sur l'accoudoir d'un fauteuil, assistait avec beaucoup d'intérêt à cette joute oratoire. A côté d'elle, Sam scrutait avec tout autant d'intérêt le plat de biscuits.

— Vous m'aviez pourtant dit que vous n'aviez pas de sapin…, observa Jeff sur un ton de reproche.

— Et une demi-heure à peine plus tôt, je n'en avais pas ! C'est une surprise de Rafe.

Elle ponctua ces mots d'un geste en direction du premier sapin. Tout le monde se tourna dans cette direction. Le petit sapin occupait un coin de la pièce. Ses branches nues semblaient être en position de combat, comme s'il défiait quiconque de l'approcher.

— Comme il est… intéressant, murmura Jay, une mimique amusée aux lèvres.

— Différent, en tout cas.

Ce fut là la contribution succincte de Sam.

Jeff, lui, se montra plus direct.

— Les branches ont l'air un peu sèches. Evitez d'y mettre des guirlandes lumineuses.

Il se tourna de nouveau vers Lauren et agita doucement l'arbre qu'il tenait toujours.

— Vous êtes sûre de ne pas préférer celui-ci ?...

Pendant un court instant, le regard de Rafe croisa celui de Lauren. Puis il tourna la tête et fit mine d'examiner le plat de biscuits. Il s'en rapprocha et prit un biscuit à la cannelle qu'il savoura tout en essayant de se convaincre qu'il n'accorderait aucune importance à la décision de la jeune femme.

D'ailleurs, se dit-il, il pourrait difficilement lui reprocher d'avoir une préférence esthétique pour le sapin de cet Ingram. N'avait-il pas choisi l'arbre le plus étrange qu'il ait trouvé, dans le but de la faire rire ?

Impassible, il attendit qu'elle se prononce pour le conifère le plus joli.

Du coin de l'œil, il la regarda se mordiller les lèvres. Et elle battit soudain des mains.

— Votre sapin est magnifique, dit-elle à Jeff, sincère. Si beau que j'aimerais que d'autres aussi en profitent. Dans la mesure où le plus petit est déjà installé, est-ce que cela vous ennuierait que nous apportions le vôtre au foyer pour femmes ? J'aurai ainsi tout le loisir de l'admirer, quand j'y passerai, et les femmes et les enfants du foyer seront enchantés.

Cette suggestion ne sembla pas transporter Jeff de joie, mais, lorsque Jay accueillit l'idée avec enthousiasme, il céda avec un haussement d'épaules.

— Bon, je m'en occuperai demain. Pour l'instant, je vais le remettre dans ma camionnette.

Son air mécontent se dissipa lorsque Lauren proposa :

— Si nous allions tous ensemble l'apporter maintenant ? J'ai hâte de voir la réaction des enfants...

— Moi aussi !

Jay s'était relevée d'un bond et s'emmitouflait dans son manteau et son écharpe. Avec un regard de regret pour le plat de biscuits, Sam se leva à son tour.

Rafe décida de ne pas se joindre au petit groupe. Regarder Ingram jouer les bienfaiteurs devant une troupe de gamins était plus que n'en pouvait supporter son estomac, après six biscuits.

— Il faut que je rentre. Ravi d'avoir fait votre connaissance, dit-il avec un sourire collectif.

Il prit son manteau, la grosse pelote de laine qu'il avait laissée sur un fauteuil, et s'apprêtait à rejoindre la sortie quand Jeff lui demanda :

— Qu'est-ce que c'est... *ça ?*

— Mon pull-over, lui répondit-il. Lauren l'a tricoté pour moi.

Ignorant l'air stupéfait de son interlocuteur et la mine gênée de la maîtresse de maison, il se dirigea vers la porte, suivi par les « bonsoir » de l'assemblée.

Ce ne fut qu'en s'installant derrière le volant de sa voiture qu'il lâcha un petit soupir de satisfaction.

Tout compte fait, il n'était pas mécontent de la façon dont s'était déroulée la soirée, songea-t-il. L'angelot et le jeu d'échecs avaient touché Lauren, comme il l'espérait. Et, s'il n'aimait pas trop partir avant Ingram, il savait aussi que ce cher voisin ne jouirait pas d'une grande liberté de mouvements au foyer pour femmes. Surtout avec Jay et sa longue ombre silencieuse pour escorte. Pour finir, quand Lauren rentrerait chez elle, ce serait *son* sapin qu'elle verrait, et non celui de Jeff Ingram !

Oui, la soirée lui paraissait assez productive. Il ne regrettait pas même l'arrivée du couple et de cet Ingram. Il savait désormais qui il avait en face de lui, et n'aurait qu'à modifier légèrement sa stratégie.

— Un match de hockey ?...

Lauren lança un regard étonné à son chef, par-dessus l'ordinateur portable qu'elle avait posé sur le bureau de celui-ci. Ils étaient en train de revoir tous les détails de l'affaire Bartlett, pour préparer leur prochain voyage, quand il avait négligemment lancé l'invitation.

Elle n'avait pas confiance en Rafe — surtout quand il affectait un air détaché.

— Oui, Lauren, un match de hockey.

— Vous ne m'avez jamais proposé de vous accompagner à un match de hockey.

— Ces derniers temps, nous avons fait certaines choses que nous n'avions jamais faites jusqu'ici…

Au souvenir du baiser ardent qu'ils avaient échangé, la jeune femme sentit le rouge lui monter aux joues.

Avant qu'elle ne dise quoi que ce soit, il ajouta :

— Kane devait assister à ce match avec Joe et Norma Benton, mais il lui sera impossible de se libérer et il m'a demandé de le remplacer. Il m'a aussi conseillé d'y aller avec une amie, pour que Norma ne s'ennuie pas.

Lauren savait que les Benton comptaient parmi les plus anciens clients de l'entreprise, et que Kane ou certains cadres supérieurs les invitaient de temps en temps à des événements sportifs. Mais on ne lui avait jamais proposé de participer à ces sorties !

— Pourquoi *moi* ? insista-t-elle.

Il l'enveloppa d'un regard sardonique.

— D'abord, parce que les femmes avec lesquelles je sors habituellement ne m'adressent plus la parole… et ce, grâce à *vous* ! Ensuite, parce que j'ai pensé que cela nous permettrait de chasser tous ces mauvais souvenirs, de retrouver les bases habituelles de notre relation. Comme l'autre soir, par exemple.

Lauren admettait que la soirée en question avait été très agréable. Elle aimait beaucoup l'angelot et le jeu d'échecs qu'il lui avait offerts. Quant au petit arbre rebelle, elle souriait encore quand ses yeux se posaient sur lui. Et puis, Rafe s'était montré plutôt beau joueur au sujet de son pull-over… ou plutôt de ce qu'il en restait ! Et, tout compte fait, il n'avait eu envers elle aucun geste « déplacé ».

Et c'était précisément ce qu'elle voulait, se dit-elle, ignorant le petit pincement à l'estomac provoqué par le souvenir de leur baiser.

Finalement, Jeff lui avait rendu le service de faire fuir Rafe, et elle s'était ensuite bien amusée quand ils avaient apporté le sapin au foyer. Les enfants étaient si contents… En la raccompagnant chez elle, Jeff l'aurait sans doute même embrassée, si Jay et Sam n'avaient été présents. Et elle était prête à parier que son nouveau voisin accordait plus d'importance que Rafe à un baiser !

Elle n'avait donc rien de précis à reprocher à Rafe depuis qu'elle lui avait parlé ouvertement, s'avisa-t-elle après réflexion. Pourtant, cette brusque invitation lui paraissait suspecte. Mais peut-être n'était-ce qu'un effet de son imagination ?

— Bien… Quelle tenue me conseillez-vous pour ce tournoi ? lui demanda-t-elle.

— Ce n'est pas un tournoi mais un match, Lauren. Et en ce qui concerne la tenue, optez pour quelque chose de chaud. Un pantalon, un gros pull, par exemple. Quelquefois il peut faire assez froid au stade.

Et il baissa les yeux sur le rapport qu'il étudiait avant de lancer cette invitation.

Lauren, quant à elle, continua de l'observer.

Un pantalon, un gros pull : autant dire que cette tenue écartait toute tentative de séduction préméditée ! songea-t-elle avant de se demander si elle ne devenait pas un peu paranoïaque.

Comme s'il avait entendu cette conclusion, Rafe releva les yeux.

— Inutile de vous mettre martel en tête, Lauren. Ce n'est pas très grave. Si vous n'êtes pas libre demain soir, ou tout simplement si vous n'avez pas envie d'assister à ce match, je trouverai quelqu'un d'autre.

— Non, non. J'irai.

— Très bien, dit-il en reportant son attention sur le rapport. Je passerai vous chercher à 18 heures.

12.

Comme ils rejoignaient la foule qui entrait dans le stade, Lauren sentit l'excitation flotter dans l'air froid.

— Vous avez froid ? lui demanda Rafe en la voyant resserrer son manteau autour d'elle.

Un peu.

— Mais vous avez les mains gelées ! s'exclama-t-il en lui prenant les mains pour les réchauffer dans les siennes. Où sont vos gants ?

— Je les ai oubliés.

Il avait sans doute oublié les siens lui aussi, car il avait les mains nues, songea-t-elle. Nues mais chaudes. Délicieusement chaudes.

Plus troublée qu'elle ne l'aurait voulu, elle tenta de s'esquiver, mais il la retint fermement.

— Je n'ai aucune envie de vous perdre. Il y a un monde fou ici, ce soir.

Il avait raison. Et, comme elle n'avait, elle non plus, aucune envie de le perdre — ni même d'accorder trop d'importance à ce simple geste —, elle se laissa guider tandis qu'ils descendaient un long et large couloir.

— Tout le monde est habillé en noir, observa-t-elle en regardant autour d'elle.

Elle leva alors les yeux sur Rafe qui portait une chemise et un pull noirs sous sa veste en cuir noir.

— Même vous !

Il s'arrêta net pour l'examiner à son tour de pied en cap.

— Oh-oh…, dit-il avec une grimace.

Elle savait qu'il plaisantait — car il plaisantait sûrement ! — mais ne put s'empêcher de considérer avec inquiétude ce qu'elle portait : manteau en mohair marine, jean et pull d'un beau bleu cobalt.

— Qu'y a-t-il ? Aurais-je un accroc quelque part ?

— Pis encore… Vous arborez la couleur de l'équipe adverse ! Je ne suis pas sûr de vouloir m'asseoir à côté de vous.

— Eh bien, ne vous asseyez pas à côté de moi !

Elle s'éloignait déjà quand il la retint par l'épaule.

— Impossible, les places sont numérotées ! Et qui plus est, ce sont d'excellentes places.

Il ne lui avait pas menti, constata Lauren tandis qu'ils s'installaient juste à côté de la loge des joueurs, derrière la vitre qui surplombait le terrain.

— Où sont les Benton ? s'enquit Lauren en enlevant son manteau.

Rafe haussa les épaules.

— Joe m'a dit qu'ils risquaient d'arriver un peu en retard. Ils habitent à l'extérieur de la ville, et ils voulaient dîner avant de venir.

La jeune femme hocha la tête et lui tendit son manteau, qu'il mit avec le sien sur l'un des sièges vides, à côté de lui.

Les Benton auraient pu se restaurer sur place, songea-t-elle à la vue des stands qui vendaient boissons et sandwichs.

Les gens continuaient d'arriver, mais les joueurs commençaient à s'échauffer sur la glace. Une fois les exercices d'échauffement terminés, les équipes se formèrent et se placèrent sur le terrain. Lauren s'aperçut alors que les St Louis, qui ne jouaient pas sur leur terrain, portaient une tenue d'un bleu identique à celui de son pull-over.

— Je vais acclamer les Bleus, déclara-t-elle.

— Nos Noirs, les Blackhawks n'en feront qu'une bouchée !

— Nous verrons bien ! déclara-t-elle, le menton relevé en ce geste de défi qu'il connaissait bien.

Le match débuta, et Lauren, qui avait révisé les règles du jeu avant de venir, fit en sorte de ne rien perdre de la partie. A un moment, l'un des Bleus se tourna dans leur direction et adressa alors un clin d'œil à Lauren.

Comme la jeune femme remerciait ce joueur d'un signe de la main, Rafe bougonna, contrarié :

— Que faites-vous ?

Surprise par le ton agressif, elle haussa un sourcil.

— J'encourage mon équipe. Ça vous ennuie ?

Rafe plongea le regard dans les prunelles bleu-gris.

Bien sûr que ça l'ennuyait ! pensait-il sans oser l'avouer. Et, si ce Roméo de pacotille continuait son manège, il aurait lui aussi bientôt des ennuis !

Mais, affichant son expression la plus solennelle, il rétorqua :

— Oui Lauren, j'en ai bien peur. Nous assistons en ce moment même à un match de hockey. Quand vous souriez à ce joueur, il est… content. Et cela l'affaiblit, diminue sa combativité sur le terrain. Ne vouliez-vous pas que les Bleus gagnent ? Dans ce cas, évitez de les déconcentrer !

Elle roula des prunelles.

— Il me semble que vous exagérez un peu, non ?

— Du tout. Et je pense être plus familiarisé que vous avec l'esprit sportif…

Face à tant de mauvaise foi, Lauren préféra se taire et concentrer son attention sur les tactiques des joueurs. Vingt minutes plus tard, elle était totalement absorbée par cet étrange ballet sur glace. Absorbée et séduite. Son cœur battait pour les Bleus, et, chaque fois que les Noirs se faisaient menaçants, elle serrait les poings, participant pleinement au spectacle.

Spectacle qui lui plaisait beaucoup plus qu'elle ne l'aurait imaginé. Elle prenait plaisir à regarder la rangée d'adolescents assis à côté de Rafe, qui suivaient de près le match tout en consommant d'énormes quantités de hot dogs, hamburgers et frites. L'annonce des points diffusée par les haut-parleurs la faisait vibrer ou trépigner, comme tous les autres spectateurs. Elle applaudissait, tapait du pied, huait.

Tant et si bien qu'elle fut étonnée quand sonna l'heure de la première pause. Elle n'avait pas vu le temps passer.

— Les Benton ne nous ont toujours pas rejoints, s'étonna-t-elle. Pensez-vous qu'il leur soit arrivé un quelconque ennui ?

Rafe haussa les épaules en un geste nonchalant.

— Si c'était le cas, Joe m'aurait appelé. Il a mon numéro de portable. Ils ont dû être retardés.

Lauren s'apprêtait à suggérer à Rafe de leur téléphoner quand elle remarqua que les spectateurs qui s'étaient levés pour se ravitailler regagnaient déjà leurs places. Les silhouettes des joueurs apparurent de nouveau sur la piste glacée. Oubliant aussitôt les Benton, la jeune femme s'offusqua d'entendre des adolescents siffler l'un des Bleus qui patinait à vive allure vers le filet, son palet tendu devant lui.

— Ga-gnééééé ! s'écria-t-elle, au moment même où le joueur manquait son but.

Le mot résonna dans l'air, amplifié par ce silence soudain et inexplicable qui s'étend parfois sur une foule. Plusieurs visages se tournèrent vers elle.

Son voisin de derrière lâcha un ricanement.

— Vous rêvez ? Le jour où Potocki marquera un point, j'entrerai dans les ordres !

114

— Eh bien, préparez-vous à changer de vie ! rétorqua-t-elle.

Rafe sourit, amusé par la fougue qui la gagnait, mais lança un regard noir à l'homme. Puis il reporta son attention sur le jeu. Quelques instants plus tard, il prenait la main de Lauren pour la serrer affectueusement.

La jeune femme retint son souffle et lui décocha un regard à la dérobée. Il paraissait si absorbé par le match qu'elle se demanda s'il ne s'agissait pas là d'un geste machinal.

Peut-être croyait-il être assis à côté de Maureen, ou de Nancy, ou de Barbara, se dit-elle en essayant de retirer sa main.

Mais il accentua la pression de ses doigts. Cette fois, elle le regarda franchement.

— Que se passe-t-il, Lauren ? lui demanda-t-il avec un petit sourire.

Il y avait une pointe de défi dans la voix et, soudain, tout devint clair en elle. Elle comprenait pourquoi les Benton n'étaient toujours pas là. Elle comprenait pourquoi Rafe lui avait proposé de l'accompagner. Et elle comprit aussi que, si elle insistait pour lui retirer sa main, il devinerait que cela la troublait. Il saurait qu'il ne lui était pas aussi indifférent qu'elle l'avait prétendu.

— Rien, lui répondit-elle donc d'une voix douce. Rien du tout.

Que s'imaginait-il donc ? railla-t-elle intérieurement. Qu'elle était si sensible à son charme qu'elle ne pourrait pas lui résister ? Que, parce qu'il la tenait par la main, elle allait se jeter dans ses bras ? Quelle suffisance de sa part !

Elle s'empressa de fixer de nouveau la piste de glace que les joueurs traversaient de plus en plus vite. Les supporters s'époumonaient dans le stade. Les adolescents hurlaient, les bras levés. Son délicat voisin de derrière criait :

— Magnez-vous le train !

Et elle ne pensait, elle, qu'à cette main toute chaude qui enserrait la sienne. Car, à présent, Rafe ne se contentait plus de la tenir. Il jouait avec ses doigts. Elle portait une bague avec une perle que lui avait offerte sa mère, et il s'amusait à la faire glisser sur son annulaire, sans rien perdre du spectacle.

Lauren s'efforçait elle aussi — sans grand succès — de suivre le match. Ces simples attouchements avaient sur elle un effet des plus troublants.

— Encore un hors-jeu ! s'exclama-t-il alors avec humeur. Il faudrait qu'ils se concentrent un peu plus, que diable !

Lauren, qui n'avait pas la moindre idée de ce qui venait de se passer, hocha néanmoins la tête et profita du vif intérêt que portait son compagnon au match, pour l'observer. Alors qu'il faisait un autre commentaire sur le jeu, le mouvement de ses lèvres la fascina tellement qu'elle ressentit un curieux frisson la parcourir.

Rafe baissa les yeux sur elle et murmura :

— Vous avez froid ?

— Non. Non… faim, plutôt, lui répondit-elle d'une voix mal assurée, tandis qu'il se rapprochait subrepticement d'elle.

— Dans ce cas, que puis-je vous offrir ? s'enquit-il en hélant, geste à l'appui, le vendeur ambulant.

Lauren n'avait pas faim, mais elle s'était dit que cette occupation la distrairait des folles pensées que son compagnon suscitait en elle. Elle choisit une barbe à papa, et lui un sachet de pralines.

Du moins n'auraient-ils pas les mains libres…, se dit-elle, guère rassurée pour autant. Et elle avait raison, car à partir de ce moment-là elle eut l'impression que l'attirance qui s'exerçait entre eux grimpait en flèche. Consciente du regard brûlant dont l'enveloppait Rafe, elle pinça la masse cotonneuse rose et la porta aux lèvres en essayant de ne pas s'en barbouiller.

— Mmm… Ça a l'air bon. Vous me faites goûter ?

Elle lui tendit la barbe à papa, mais, comme il ouvrait le sachet de pralines et n'avait donc pas les mains libres, il fit une moue suggestive pour qu'elle lui donne la becquée. Il happa si vite la friandise qu'elle n'eut pas le temps de retirer la main avant qu'il ne commence à lécher les bribes filandreuses qui étaient restées accrochées aux doigts.

— Délicieux…, dit-il avant de reprendre cette séance de caresses à peine déguisées, au milieu de la foule, à présent déchaînée.

Pétrifiée, Lauren retenait son souffle. Elle ne trouvait pas en elle la force de s'écarter de Rafe, de se soustraire à cette douce torture.

Pour une raison qui lui échappait, une sorte de rugissement parcourut alors l'assistance. Elle vit Rafe redresser la tête… et fondre droit sur elle.

Stupéfaite, elle le vit se coucher carrément sur elle !

— Rafe Mitchell ! s'écria-t-elle, courroucée, en le secouant par les épaules. Vous voulez bien vous redresser ?

Ces propos lui valurent une nouvelle intervention de l'homme assis derrière elle.

— Vous ne voyez pas qu'il est K.-O. ? Il vient de recevoir à votre place le palet qui arrivait droit sur vous !

13.

— Je suis désolée, Rafe. Sincèrement désolée.

— Vous me l'avez déjà dit.

Dix fois au moins, ajouta-t-il en son for intérieur tandis qu'ils regagnaient sa voiture. Et, pour la dixième fois, il répéta :

— Et je vous redis que ça va. Ce n'était pas votre faute.

— Mais je n'aurais pas dû vous rabrouer ainsi. J'ignorais que vous étiez inconscient…

— J'étais étourdi, pas inconscient.

— Je croyais que vous…

— Je sais, que je vous faisais des avances ! Cela aussi, vous me l'avez dit. Devant l'équipe de sécurité, dans la salle de premiers soins.

Et, à en juger par leurs mines réjouies, les personnes présentes avaient adoré cette version des faits, songea-t-il. Difficile de les en blâmer, d'ailleurs. Que la jeune femme confonde un malaise avec une manœuvre de séduction de sa part, voilà qui laissait présager le pire sur ses prouesses en la matière…

Il serra les mâchoires, ce qui accentua son mal de crâne. Comme il pressait le pas sur le trottoir couvert de verglas, Lauren accéléra l'allure et le prit par le bras.

— Honnêtement, Rafe, j'apprécie beaucoup votre geste. Et les gens du stade étaient *si* impressionnés… La scène est même passée sur les grands écrans installés un peu partout. Et ce concert d'applaudissements quand vous vous êtes redressé, tout chancelant…

— Oui. Je me suis comporté comme un vrai héros, en arrêtant avec ma tête la course folle de ce palet !

En fait, il se sentait idiot. Parfaitement idiot. Occupé comme il l'était à se conduire comme un adolescent à son premier rendez-vous, il avait vu *in extremis* le palet voler dans leur direction. D'instinct, il avait essayé de protéger sa compagne et avait tendu la main juste à temps pour dévier la course du malencontreux palet qui, du coup, l'avait heurté à la tempe.

Il soupira, tout en tâtant l'énorme bosse.

Enfin, du moins Lauren avait-elle été épargnée, se consola-t-il. Et il ne reverrait plus jamais ces centaines de spectateurs.

Ils s'arrêtèrent à côté de sa voiture, et Rafe se pencha pour ouvrir la portière côté passager.

— Donnez-moi ces clés, déclara-t-elle alors. Je vais conduire.

Rafe se tourna vers elle et la fixa, les yeux écarquillés. Qui sait, ce palet l'avait peut-être touchée, finalement ?

— Il est hors de question que vous conduisiez ma Porsche.

La main toujours tendue, elle lâcha un soupir exaspéré.

— Dans ce cas, je ne monterai pas avec vous. Après le choc que vous venez de recevoir, ce serait risqué.

Il essaya de l'intimider du regard, mais, comme elle ne cillait même pas, il dut céder.

— Voilà, grommela-t-il donc en lui remettant le trousseau de clés.

Ils montèrent tous deux en voiture, et Rafe grimaça en entendant grincer sa boîte de vitesses au moment où la jeune femme démarrait. Elle conduisait depuis cinq minutes à peine lorsqu'elle lui annonça qu'elle l'emmenait à l'hôpital.

Rafe, qui regardait fixement la route jusque-là, prêt à bondir sur le volant à la moindre anomalie, se tourna brusquement vers sa compagne.

— Non !

— Si. Depuis que nous avons quitté le parking, votre visage est déformé par des grimaces de douleur.

— Parce que vous avez le pied enfoncé sur la pédale d'embrayage ! Ça vous ennuierait de le mettre ailleurs ?...

— Oh, désolée, dit-elle en s'exécutant. Mais je persiste à penser qu'un examen à l'hôpital ne vous ferait pas de mal.

— Pas moi.

Il s'était exprimé d'un ton ferme, et le silence s'installa dans la voiture. Quelques minutes plus tard, Lauren se garait devant l'immeuble où elle habitait et, toujours en silence, descendait du véhicule.

Tout paraissait figé dans l'air glacé. Une bonne odeur de feu de cheminée leur chatouilla les narines tandis qu'ils gravissaient l'escalier.

Lauren ouvrit la porte de son appartement et, comme elle entrait sans se préoccuper de lui, Rafe s'autorisa à la suivre. Mais, une fois dans le vestibule, elle se retourna pour l'aider à enlever sa veste en cuir, ce qui le plongea dans la stupéfaction. Il s'attendait à ce qu'elle le congédie sans plus tarder, non à ce qu'elle le déshabille !

— Lauren ?...

L'ignorant, elle enleva, elle aussi, son manteau et le suspendit à la patère.

— Installez-vous dans le salon, j'arrive. Je vais augmenter le chauffage et chercher de la glace pour cette bosse. C'est bien le moins que je puisse faire, puisque vous m'avez sauvé la vie.

Rafe lâcha un long soupir et s'enjoignit à la patience. Il avait peine à croire qu'elle accorde tant d'importance à cet incident. Les différentes mères de familles qui l'avaient élevé étaient plutôt du genre à ignorer les accidents dès lors qu'il n'y avait pas mort d'homme. Et dans la Marine, seules les blessures graves retenaient l'attention des gradés. Mais Lauren avait toujours été un cœur tendre.

Il secoua la tête.

— Je ne vous ai pas sauvé la vie, et je n'ai pas besoin de glace. Ma tête va très bien !

— Ah ?

Les bras croisés, elle le dévisagea.

— Si votre tête va aussi bien que vous le prétendez, pourquoi m'avez-vous autorisée à conduire votre précieuse voiture ?

Rafe ouvrit la bouche puis la referma, incapable de trouver un seul motif susceptible d'expliquer ce moment de faiblesse.

— Parce que vous m'en avez demandé les clés, maugréa-t-il enfin.

— C'était un test. Pour voir comment vous alliez réagir. Vous ne m'auriez jamais cédé le volant si vous aviez été en pleine possession de vos moyens. Et maintenant, asseyez-vous pendant que j'enlève mes chaussures. Elles sont trempées.

Un *test*, donc ?... se répéta-t-il, perplexe, avant de se rappeler avec quelle ferveur elle lui embrassait la main, sur le stade, pour qu'il revienne à lui.

— Lauren…

— Ne vous ai-je pas dit de vous asseoir ?

Il la regarda s'éloigner dans le couloir, et se dirigea vers le canapé. Il ne voulait pas de glace. Ce qu'il voulait, c'était qu'elle reste auprès de lui.

D'humeur morose, il s'allongea finalement et regarda ses pieds. Ils étaient eux aussi trempés. Et il y avait une grosse tache orange sur l'une de ses chaussures.

Du soda, sans doute, se dit-il en se souvenant d'avoir renversé le verre d'un adolescent dans sa hâte de sauver Lauren.

Avec lenteur, il leva une main pour se masser la tempe, toujours endolorie. Sa main aussi lui faisait mal. La paume droite, très précisément. A l'endroit où il avait freiné la course du palet, sans doute, juste avant que ce dernier le heurte à la tempe.

Comme il entendait la jeune femme revenir, il s'empressa de baisser le bras. Elle avait échangé ses chaussures contre d'épaisses chaussettes en laine rouge, mais portait toujours la même tenue.

— Je vais chercher la glace, dit-elle en passant à côté de lui pour rejoindre la cuisine. Voulez-vous quelque chose à boire ?

— Non merci.

Et il n'avait pas non plus envie de glace, mais il préféra se taire plutôt qu'amorcer une nouvelle querelle. Car se disputer avec Lauren n'entrait pas dans ses projets.

Quelques instants plus tard, elle revenait avec une poche de glace. Elle s'arrêta à côté de la lampe pour réduire l'intensité de la lumière.

— J'ai l'impression que cela vous gênait, expliqua-t-elle alors qu'il la regardait d'un air étonné.

Rafe sentit ses muscles oculaires se détendre aussitôt, et s'aperçut que Lauren avait raison. Elle vint ensuite se placer à côté de lui, et posa délicatement la poche sur les chairs tuméfiées. Il tressaillit, plus à cause de l'effet glacé que de la douleur.

— Ça vous fait mal ?

— Non.

A l'inquiétude qu'il avait décelée dans la voix de la jeune femme, il se demanda si le destin n'était pas finalement plus efficace que sa tactique de séduction initiale, puisque, grâce à cet accident, il se retrouvait dans l'appartement de Lauren — seul avec elle — et que, de surcroît, elle avait envie de s'occuper de lui.

Il pencha la tête en arrière, mais l'accoudoir était trop bas, et il fut dans l'obligation de se redresser.

— Maintenez la poche contre la bosse, je reviens tout de suite.

Quand elle revint, elle lui plaça sous la tête quelque chose de doux qui ressemblait à de la fourrure.

— Que m'avez-vous mis sous la tête ?

— Mon ours en peluche. Lâchez la poche, je la tiens…

Il obtempéra, et elle resta sans bouger derrière lui.

— Lauren…

— Chut… Ne pensez à rien, détendez-vous.

La chaleur de son corps, tout près de lui, la pénombre qui régnait dans la pièce, la poche de glace… Tout cela contribuait à ce qu'il éprouve une profonde sensation de bien-être, il devait bien l'admettre. Sensation qui s'accentua lorsqu'elle lui rejeta doucement les cheveux en arrière.

Personne au monde n'avait ainsi pris soin de lui. Personne, pensa-t-il alors qu'un petit soupir de plaisir s'échappait de ses lèvres.

— Rafe ?

Il souleva les paupières avec lenteur, et vit le visage de la jeune femme penché au-dessus de lui. Elle avait le front soucieux.

— Etes-vous sûr que ce n'est pas nécessaire d'appeler un médecin ? L'infirmière du stade m'a dit que, si vous vous sentiez faible ou si vous aviez des vertiges, il fallait vous faire examiner.

— Je vais bien, Lauren.

Il avait pourtant des vertiges et se sentait faible, mais cela n'était en rien lié au coup qu'il avait reçu un peu plus tôt. Il n'avait pas besoin de consulter un médecin. Il voulait seulement que Lauren reste auprès de lui, qu'elle continue à lui caresser la tête.

Ce qu'elle fit. Les paupières closes, Rafe se laissa emporter par ces mouvements lents, griser par le parfum fleuri qu'elle exhalait.

Quand il rouvrit les yeux, elle le fixait, la mine grave.

— Je ne me le pardonnerais pas… s'il vous arrivait quelque chose de fâcheux. C'est pour me sauver, que vous avez reçu ce coup sur la tête. J'ai eu si peur, quand j'ai compris que vous étiez vraiment blessé…

Cette fois, il comprit que Lauren paraissait sincèrement préoccupée par son état de santé, et en fut si touché qu'il tendit sa main valide, afin qu'elle penche la tête vers lui. Jusqu'à ce que leurs lèvres se touchent en un baiser léger.

Lorsqu'il la lâcha, elle l'enveloppa d'un regard interrogateur.

— Pourquoi ? murmura-t-elle.

— Pour vous remercier de vous occuper si bien de moi. Rien de plus.

— D'accord.

Elle se remit à lui caresser les cheveux.

— Oh, j'y pense ! J'ai oublié de vous dire que ce sont les Bleus qui ont gagné…

Cette fois, ce fut elle qui s'inclina vers lui et l'embrassa. Comme il redoutait de rompre le charme, il ne bougea pas. Puis, n'y tenant plus, il se redressa et l'attira contre lui.

— Venez…, chuchota-t-il.

Quand il la tint assise sur ses genoux, il chercha de nouveau à lui capturer les lèvres.

— Rafe, votre tête…

Pour toute réponse, elle n'obtint qu'une sorte de grommellement. Car, en ce moment même, Rafe avait tout oublié de l'incident du palet. Il ne songeait qu'à ce corps tout tiède lové contre le sien. Ce corps qui s'abandonnait…

Serait-il jamais rassasié de ces baisers de plus en plus passionnés, de ces étreintes fougueuses ? se demandait-il, chaviré.

Habité par un désir incontrôlable, il glissa sa main valide sous le pull en mohair, mais il la sentit se raidir au moment où ses doigts lui effleuraient les seins.

— Rafe…, chuchota-t-elle, lèvres contre lèvres. Dans votre état, êtes-vous sûr que ce soit bien… conseillé ?

Surpris par la tournure de la question, il cligna des paupières et dévisagea la jeune femme. Elle avait les lèvres rouges, les joues roses, mais son beau regard gris-bleu reflétait toujours l'inquiétude. Elle lui demandait de façon à peine déguisée s'il souhaitait en rester là, tout en lui laissant entendre qu'elle était, elle, prête à continuer.

Il comprit qu'il lui suffirait d'affirmer qu'il se sentait parfaitement bien pour qu'elle se donne à lui. N'était-ce pas là ce qu'il espérait, quand il lui avait proposé de l'accompagner à ce match ?

Mais soudain il eut honte de lui. A l'inverse de toutes les femmes qu'il avait fréquentées, Lauren, elle, ne connaissait pas les règles du jeu. Elle était pure, innocente, et il refusait de profiter de la situation. Ce serait abuser d'elle, abuser d'une jeune personne à laquelle il tenait.

— Il faut que nous parlions, déclara-t-il d'une voix rauque. Tu es quelqu'un qui m'est cher, Laurie. Jamais je n'ai connu un être aussi gentil et généreux que toi. Je ne souhaiterais pas faire quelque chose qui te blesse, ou que tu puisses regretter.

Comme ces propos paraissaient la plonger dans la perplexité, il enchaîna en lui caressant le visage :

— Je veux que tu sois sûre de toi. Que la première fois soit parfaite entre nous…

Les prunelles de la jeune femme s'illuminèrent.

— Oh, Rafe…

— Non, ne me dis rien maintenant. Réfléchis. Nous partons après-demain pour Hillsborough. Tu me donneras ta réponse là-bas. Et, quelle qu'elle soit, je te promets de la respecter.

Il se leva et l'enveloppa d'un long regard.

— Je te promets aussi que, si tu me choisis, je ferai en sorte que tu ne le regrettes pas.

Sur ce, il cueillit un baiser sur les lèvres tremblantes et partit, frustré mais satisfait.

14.

Tu es quelqu'un qui m'est cher, Laurie.

Bercée par la déclaration de Rafe qu'elle ne cessait de se répéter, Lauren préparait ses bagages d'un cœur léger.

Rafe lui avait paru si attendrissant avec cette bosse à la tempe et cet air bougon... Mais, au lieu de se moquer de lui, elle avait eu envie de le soigner.

Un peu plus tard, c'était *de lui* dont elle avait eu envie.

Et, au lieu d'assouvir son désir, alors qu'elle était prête à s'offrir à lui, il lui avait demandé de réfléchir.

Cela ne ressemblait pas au comportement d'un homme qui ne cherchait qu'à batifoler. Elle en était presque sûre désormais : Rafe était amoureux. Amoureux d'elle, bien sûr !

Lauren avait appelé Jay pour l'informer de ce qui s'était produit, mais son amie lui avait semblé assez sceptique à l'égard des sentiments de Rafe. Sûre d'elle — pour une fois —, Lauren avait ri de cette réaction.

Jay aimait que les choses soient énoncées clairement et elle craignait que Rafe ne s'intéresse toujours pas au mariage.

Mais son amie ne comprenait pas que l'amour faisait changer les gens, se disait Lauren. N'avait-elle pas elle-même oublié toutes ses prétendues bonnes résolutions quand elle avait vu Rafe inanimé ?

Elle avait alors dû admettre qu'elle l'aimait encore. Et, malgré ses convictions sur le mariage, elle avait été sur le point de faire l'amour avec lui.

C'était Rafe et l'amour qu'ils se portaient, qui comptaient. Pas une cérémonie !

Il s'était montré si tendre envers elle, si attentionné. Si résolu à ce qu'elle « réfléchisse ». En outre, il lui avait dit qu'il voulait que tout soit parfait entre eux, la première fois.

Il l'aimait, aucun doute là-dessus, trancha-t-elle.

Et, à la pensée que Cendrillon se préparant à aller au bal n'avait certainement pas été plus excitée qu'elle l'était ce soir-là en rangeant ses affaires dans la valise, elle se mit à sourire aux anges.

Elle avait prévu un bagage trop important pour un si bref séjour, mais Rafe ne fit aucun commentaire lorsqu'il passa la chercher ce matin-là, à l'aube. Il sembla même ne rien remarquer. Son regard fouilla le sien avec une rare intensité tandis qu'il prenait la valise. Elle crut même qu'il allait l'embrasser et, quand il recula, elle éprouva un petit pincement au cœur.

— Complètement remis de ce coup ? lui demanda-t-elle en hâte, pour cacher sa déception.

Quelque chose dans l'expression de son visage dut lui plaire, car il se radoucit et lui sourit.

— La bosse a quasiment disparu. En revanche, j'ai toujours des vertiges… en ta présence !

Et, pour donner plus de poids à ces mots, il la gratifia d'un long regard admirateur.

— Tu es ravissante, ce matin.

Elle se félicita d'avoir choisi ce tailleur en laine gris perle, mis en valeur par ce chemisier de soie rose. Si ce compliment la combla de plaisir, il l'étonna aussi. Rafe ne la traitait pas ainsi, d'ordinaire. Il avait surtout coutume de la taquiner.

— J'ai étrenné cette tenue il y a une semaine, déclara-t-elle d'un ton léger, comme ils se dirigeaient vers la Porsche.

— Et j'aurais dû te dire alors qu'elle t'allait particulièrement bien.

Un sourire vacillant aux lèvres, Lauren monta en voiture. Elle ne savait trop que penser de cette nouvelle version de Rafe, et préférait ne pas songer à la nuit qui les attendait. Ne pas imaginer ce qu'il lui dirait quand il la prendrait dans ses bras. Ni ce qui se produirait lorsqu'elle lui donnerait sa réponse.

Comme s'il la savait nerveuse, il ne parla durant le trajet que des derniers détails du rachat de Bartlett, dont le contrat serait signé dans les quarante-huit heures si tout se déroulait comme il l'espérait.

Le soir venu, Rafe débordait encore d'énergie quand il prit sa secrétaire par le bras pour la guider vers la sortie des bureaux de Bartlett.

— C'est à peine croyable ! s'exclama-t-il, satisfait. Nous avons presque réussi à tout boucler dans la journée. Plus qu'une dernière réunion demain matin afin de régler le sort des cadres, et Bartlett deviendra l'une des filiales de l'entreprise Kane Haley.

Lauren hocha la tête. Ces longues heures de travail qui requéraient une attention soutenue l'avaient vidée de ses forces. En outre, la soirée à venir l'inquiétait de plus en plus. Elle laissa donc à Rafe le soin de meubler le silence dans la voiture, pendant qu'ils regagnaient leur hôtel. Quand elle aperçut l'enseigne de l'établissement, elle sentit son estomac se nouer.

Mais Rafe passa sans ralentir à côté du bâtiment, et continua de rouler.

— Rafe ! lança-t-elle. C'était notre hôtel...

— *C'était*, en effet. J'ai annulé nos réservations ici. Je préfère t'amener au Chariot. C'est beaucoup plus petit, et je pense que ça te plaira davantage.

Le Chariot était bel et bien plus petit, plus intime, et d'un goût exquis avec ses boiseries anciennes, ses tapis et ses bouquets de fleurs fraîches.

Le réceptionniste leur réserva un accueil discret.

— C'est un plaisir de vous revoir, monsieur Mitchell.

Il fit un petit signe de tête à un jeune homme en livrée, qui avança aussitôt vers le couple et prit les bagages.

— Vous voulez bien conduire M. Mitchell et son invitée dans l'aile ouest, Allan, je vous prie ?

En entendant ces mots, Lauren se raidit.

Elle n'était pas « l'invitée » de M. Mitchell, mais sa secrétaire, et ils étaient ici en voyage d'affaires, rectifia-t-elle intérieurement avant de reconnaître que ce n'était pas non plus exact, puisque, s'ils avaient passé la journée à travailler, Rafe lui avait dit que la soirée serait à eux et à eux seuls.

Consciente du regard que lui décochait le jeune homme, elle redressa le menton et afficha son air le plus digne. Ce qui était ridicule, elle le savait bien, puisque au XXIe siècle, nul ne prêtait attention au fait que deux adultes partagent ou non une chambre.

Elle fut toutefois soulagée de constater que Rafe avait réservé deux chambres. Celle qui lui fut attribuée, décorée dans des tons vieux rose, lui plut beaucoup. Après avoir embrassé la pièce du regard, sans doute pour s'assurer qu'il n'y manquait rien, Rafe suivit le liftier de l'autre côté du couloir.

Lauren n'avait pas encore défait ses bagages qu'un petit coup retentit à la porte de sa chambre. Elle sursauta, porta une main à sa gorge et alla ouvrir.

— Tout va bien ? lui demanda-t-il avec un sourire qui eut l'heur de l'apaiser.

— Très bien.

Elle remarqua qu'il tournait la tête en direction du lit, et sentit son pouls s'accélérer. Mais il fut prompt à reporter son attention sur elle.

— Que préfères-tu, Lauren ? Que nous dînions à l'extérieur, ou dans la salle à manger de l'hôtel... ou qu'on nous serve un repas dans ma chambre ?

Dans *sa chambre* ? En toute honnêteté, elle n'avait aucune envie de remonter en voiture pour sortir. Pas plus que de s'installer dans la salle à manger commune.

— La dernière option me convient, lui répondit-elle en rougissant.

Il hocha la tête avec lenteur.

— Je crois que c'est un bon choix. Veux-tu que je passe la commande en cuisine ? Quelles sont tes préférences ?

— Je te laisse décider.

— Soit. Dans ce cas, je t'attendrai aux alentours de... 20 heures ? Est-ce que ça te convient ?

Elle acquiesça, et il lui sourit de nouveau avant de retourner dans sa chambre.

Une fois seule, Lauren se demanda pourquoi elle se sentait si nerveuse.

L'anticipation, probablement, se répondit-elle, consciente de s'apprêter à franchir un pas décisif dans son existence.

Un long bain parfumé n'eut pas sur elle l'effet lénifiant escompté, et elle fut bien forcée de constater que ses mains tremblaient, quand elle commença à se maquiller. Et pas de froid, bien que la robe noire apportée pour la circonstance fût assez décolletée.

La jeune femme appliquait par petites touches un rouge à lèvres framboise très lumineux, quand on frappa de nouveau à sa porte.

131

Un peu décontenancée à l'idée que Rafe se révélait plus impatient qu'elle ne l'avait imaginé, elle alla ouvrir.

— Des fleurs pour vous, mademoiselle Connor, lui annonça le liftier.

Lauren écarquilla les yeux devant l'énorme bouquet de somptueuses roses rouges qu'il lui tendait.

C'était la première fois qu'on lui faisait livrer des fleurs, songea-t-elle, émue.

Un sourire émerveillé aux lèvres, elle alla chercher un pourboire tandis que le garçon posait le bouquet sur un meuble.

Il la remercia et sortit sur ces mots :

— M. Mitchell est toujours très attentionné. Passez une bonne soirée, mademoiselle.

Le sourire de Lauren se figea, à la pensée qu'elle n'était pas la première femme que Rafe traitait avec galanterie dans cet hôtel. Puis, résolue à chasser cette ombre au tableau, elle chercha une carte dans le feuillage, et la trouva.

« De jolies fleurs pour une jolie femme. Rafe. », lut-elle, incapable de lutter contre le sentiment de déception qui s'insinuait en elle. C'était un agréable compliment. Le seul, manifestement, dont fût capable Rafe ce jour-là. Si elle se réjouissait qu'il voie en elle une jolie femme, elle aurait préféré un message plus personnel. Plus… tendre.

Comme elle caressait l'un des pétales de velours pourpre, le sourire naquit de nouveau sur ses lèvres.

Soit, se dit-elle, il ne lui avait pas avoué son amour, mais cela ne signifiait pas qu'il ne l'aimait pas. La soirée n'avait pas encore commencé.

Confiante, elle se brossa une dernière fois les cheveux pour donner du volume à sa coiffure, se parfuma, et se regarda dans la glace. Jamais elle ne s'était sentie aussi attirante. La robe en satin noir achetée sur les conseils de Jay était pourtant simple. Très simple, exception faite du décolleté plongeant dans le dos.

Elle inspira, posa un châle noir sur ses épaules et traversa le couloir. Il était 8 heures précises quand elle frappa à la porte de la chambre de Rafe.

Il lui ouvrit aussitôt.

— Oh…

Horrifiée, elle constata qu'il portait un jean et un pull-over chiné.

Un sourire taquin aux lèvres, il contempla d'un œil gourmand le spectacle qui s'offrait à lui.

— Comme tu dis, « Oh… »

Lauren recula d'un pas.

— Je vais me changer. Cette tenue est beaucoup trop…

— Elle est parfaite, déclara-t-il d'un ton ferme en la prenant par la main pour la faire entrer dans la pièce. Tu es superbe.

Superbe. Encore un qualificatif bien impersonnel ! se dit-elle. Mais après tout, pourquoi pas ? Elle n'allait tout de même pas lui reprocher de la combler de compliments. Surtout quand ils étaient formulés d'une voix si chaude, si caressante.

La chambre qu'il occupait était très agréable, avec ses murs tendus de tissu bleu lavande et ses meubles de bois clair.

Lauren retint son souffle à la vue du lit gigantesque, qui occupait tout un coin de la pièce. Un feu flambait dans la cheminée en marbre blanc.

Il lui pressa les doigts.

— Veux-tu un verre de vin avant de passer à table ?

Lauren détestait le vin.

— Volontiers, lui répondit-elle néanmoins avec un sourire crispé.

La tenant toujours par la main, il la guida vers la petite table joliment dressée devant la cheminée, et l'invita à s'asseoir.

— Merci pour les fleurs, Rafe, lui dit-elle tandis qu'il la servait. Elles sont très belles.

133

— Je suis ravi qu'elles te plaisent. Est-ce que tu as faim ?
Nous pouvons dîner tout de suite, si tu le souhaites.

— Pourquoi pas ?

Sa voix résonna étrangement à ses oreilles, et elle s'empressa
de boire une gorgée de vin dans l'espoir que cela chasserait
son anxiété.

Rafe, qui se tenait derrière elle au moment où elle baissa son
châle, émit un bruit étrange.

— Qu'y a-t-il ?

— Rien, lui répondit-il d'une voix étranglée. Voilà une robe
sage et élégante qui cache bien son jeu !

Il s'assit en face d'elle et se moqua gentiment de la voir rose
de confusion.

Ils commencèrent à manger. La jeune femme aurait été incapable de donner un avis sur la nourriture. Ce feuilleté avait-il
réellement un goût de carton, ou était-ce plutôt elle qui ne savait
pas en apprécier la saveur ?

La salade était bonne… mais très craquante. Si craquante
qu'elle avait l'impression que chaque bouchée retentissait entre les
quatre murs de la chambre. Elle s'abstint donc d'en manger plus
de deux feuilles, et s'éclaircit la voix afin de briser le silence qui
régnait dans la pièce et qu'elle trouvait de plus en plus pesant.

— Quand la première réunion du matin s'est…

— Je ne veux pas parler travail, Lauren.

— Ah…

Elle mordilla un morceau de pain.

— J'ai entendu dire qu'il avait beaucoup neigé,
aujourd'hui.

— C'est très bien.

La jeune femme leva les yeux sur Rafe, puis les baissa de
nouveau sur son assiette.

Pourquoi l'atmosphère était-elle si tendue entre eux ? se demandait-elle. Ils auraient dû plaisanter ensemble, rire, flirter... Mais rien ne semblait facile, ce soir.

Elle réussit à avaler trois bouchées d'une viande pourtant très tendre, après les avoir longuement mastiquées, et repoussa les pommes de terre sautées.

Les sourcils froncés, Rafe posa son couvert et dévisagea sa compagne.

— Tu n'as pas faim ?

Elle secoua la tête.

— Pas même pour la mousse au chocolat ?

Cette fois encore, elle fit non de la tête.

Il l'observa, l'air grave soudain. Puis, il se leva et repoussa sa chaise. Prise de panique, elle le regarda éteindre toutes les lampes, jusqu'à ce qu'il n'y ait d'autre éclairage dans la pièce que celui du feu de cheminée.

Alors, il s'approcha de la fenêtre et tendit la main vers Lauren.

— Viens.

Elle se demanda si ses jambes consentiraient à la porter jusqu'à lui, tant elle était émue...

Tout doucement, elle se leva et le rejoignit.

— Regarde, murmura-t-il en tirant le rideau de velours bleu.

Et elle se trouva face à un paysage de carte postale. Les lumières de l'hôtel illuminaient le petit parc de l'établissement, couvert d'un épais manteau blanc. Les branches des pins et sapins ployaient presque sous le poids de la neige, tandis que les autres arbres tendaient leurs doigts griffus vers le ciel. Les flocons voletaient dans l'air glacé, improvisant un gracieux ballet nocturne.

— C'est superbe, Rafe..., chuchota-t-elle.

Il se rapprocha d'elle, lui passa un bras autour des épaules et se pencha pour l'embrasser. L'embrasser tendrement, puis fougueusement. Jusqu'à ce qu'elle ait l'impression de vivre un rêve, avec le feu de cheminée, le spectacle enneigé, et les bras de Rafe solides, puissants autour d'elle.

— Je savais que cette vue te plairait, lui dit-il d'une voix rauque.

Les yeux clos, elle se blottit contre lui.

— En été aussi, c'est superbe. Et en automne.

Il chercha de nouveau à l'embrasser, mais la flamme qui brûlait en Lauren quelques secondes à peine plus tôt s'était éteinte. Les derniers mots de Rafe résonnaient dans son esprit.

La soirée avait été merveilleusement organisée : l'hôtel, les fleurs, le dîner dans la chambre, le feu de cheminée, le spectacle derrière la vitre. Comme lorsqu'il préparait le rachat d'une firme, rien n'avait été laissé au hasard. Mais, si ce décor était pour elle tout nouveau, il semblait bien le connaître, lui. Peut-être même avait-il dormi dans cette chambre avec bon nombre de ses conquêtes.

Lauren savait certes qu'elle n'était pas pour lui la première, mais espérait bien être la dernière. Et elle avait besoin de s'en assurer au plus tôt.

Mais déjà il lui effleurait la tempe d'un baiser et écartait la bretelle de sa robe.

— Tu es si belle ce soir, Laurie.

Ces mots encore…

— Je n'ai pas besoin de compliments, Rafe. Je préférerais que tu me dises ce que tu ressens.

Sur l'épaule à présent dénudée, il lui électrisait la peau de baisers dévorants…

— J'ai tellement envie de toi, ma chérie.

Sans la lâcher, il se dirigea à pas lents vers le grand lit. Mais elle se raidit, l'obligeant à s'arrêter, et regarda par la fenêtre.

— Que se passe-t-il, Lauren ?

Il lui posa les mains sur les épaules, vint se placer en face d'elle et la fixa.

— Aurais-tu changé d'avis ?

— Je...

Non. Elle le désirait elle aussi, s'avisa-t-elle. Mais elle ne voulait pas que leur relation se limite au seul plaisir physique. Elle ne voulait pas d'une nuit, mais d'une vie d'amour.

— J'ai moi aussi envie de toi, Rafe, lui avoua-t-elle d'une voix douce. Mais, bien que je me coiffe et m'habille différemment depuis quelques semaines, je suis toujours la même. Je crois en l'amour, et je tiens à me donner à un homme qui m'aime.

Elle le vit se crisper. Il ne bougea pas, ne parla pas. Et le silence s'étira entre eux, plus éloquent que tous les mots du monde.

Lauren baissa les paupières. Elle avait du mal à retenir ses larmes. Rafe n'avait *rien* à lui dire. Elle s'était leurrée.

Elle recula, et eut soudain l'impression qu'il faisait aussi froid dans la pièce qu'au-dehors.

— Laurie ?

De crainte de fondre en larmes, elle ne leva pas les yeux sur lui. Quelques semaines auparavant, elle avait été assez désespérée pour prendre le peu qu'il avait à lui offrir. Mais elle avait découvert bon nombre de choses à son sujet, tout récemment. Elle était prête à renoncer à un mariage en blanc. Prête à renoncer même — de façon temporaire — au mariage. Mais elle ne renoncerait pas à l'amour.

Résistant à la folle envie de retourner se blottir contre lui, elle secoua la tête avec lenteur.

— Tu as raison, articula-t-elle d'une voix altérée. J'ai changé d'avis. *Cela* ne me suffit pas.

15.

Il ne lui suffisait pas !

Pendant la semaine qui suivit, chaque fois que ces mots s'imposèrent à son esprit, Rafe s'efforça de les ignorer. Il essaya de se concentrer sur des choses plus importantes : l'étude d'éventuelles prochaines fusions, l'examen du budget…

Il se prépara à effectuer un autre déplacement, dans le nord, que Lauren avait programmé depuis longtemps, et puis l'annula, estimant que son temps et ses pensées seraient mieux occupés au bureau, à calculer le coût précis du prochain rachat qu'il avait en tête.

Le vendredi, il se surprit à regarder par la fenêtre, à se demander ce que faisait la jeune femme au même moment, et comprit que ses efforts ne portaient pas leurs fruits.

Il ne pouvait pas s'empêcher de penser à Lauren.

Comment cette soirée préparée avec tant de soin avait-elle pu si mal tourner ? ne cessait-il de se demander.

Il fit pivoter son fauteuil vers son bureau, et s'y accouda, revivant le fiasco.

La laisser partir ainsi lui avait été très pénible. Il aurait voulu parler avec elle, la convaincre de rester. La caresser, l'embrasser, jusqu'à ce que son désir pour lui soit plus fort que tout. Au lieu de cela, il était resté à faire les cent pas dans sa chambre, et ce pendant une heure, soit assez longtemps pour qu'elle puisse revenir sur sa décision, et qu'il puisse, lui, se calmer.

Finalement, il était allé frapper à la porte de sa chambre… seulement pour constater qu'elle avait quitté les lieux.

Rafe referma d'un geste sec le classeur ouvert devant lui. Il détestait la foule d'émotions qu'il avait éprouvées à ce moment-là. Tendu, inquiet, il avait passé la nuit à essayer de se rassurer. Il avait d'ailleurs réussi à se persuader que tout rentrerait dans l'ordre quand ils se reverraient à Chicago. Le lendemain matin, pressé de repartir, il avait expédié la dernière réunion chez Bartlett.

Après avoir respecté à grand-peine les limites de vitesse sur le chemin du retour, il avait sonné encore et encore à la porte de Lauren. Jusqu'à ce que ce soit Jay qui ouvre la sienne. Elle lui avait dit que Lauren n'était pas chez elle, et lui avait demandé de la laisser en paix. Elle avait même ajouté que la jeune femme ne souhaitait plus le revoir.

Blessé dans son amour-propre, il n'était plus retourné chez elle.

Il ne s'imposerait certainement pas là où on ne voulait pas de lui ! s'était-il dit. Cela, il avait eu tout le loisir de l'apprendre pendant son adolescence. Il avait donc attendu le moment où il la reverrait au bureau, le lundi. Il imaginait qu'elle aurait alors certaines choses à lui reprocher, et avait donc préparé sa défense. Il essaierait de se justifier, lui présenterait des excuses.

Mais elle n'était pas venue les entendre. Il avait reçu un appel du service du personnel lui annonçant que Lauren utilisait ses semaines de vacances comme préavis. Elle avait démissionné par téléphone. Point final.

Soit, avait-il songé. Message reçu. Il la laisserait tranquille, comme elle avait l'air de le désirer. Mais elle ne le laissait pas tranquille, elle ! Il ne parvenait pas à la rayer de ses pensées. Il tournait souvent la tête en direction du bureau de sa secrétaire, comme si elle y était toujours. Il s'attendait à la voir en sortir avec l'un de ces regards sévères dont elle le gratifiait quelquefois. Ou bien le front soucieux. Ou encore le sourire aux lèvres.

Mais Laurie ne se matérialisait pas sous ses yeux. Il faudrait qu'il s'y fasse.

La mort dans l'âme, il laissa son regard se perdre à l'horizon.

Il ne lui en voulait pas d'être partie, songea-t-il. Pas vraiment. Il était bien conscient de n'avoir aucun point commun avec l'homme idéal. Mais, puisqu'elle le savait, pourquoi avoir poussé si loin le jeu ? Si elle y avait mis un terme plus tôt, cela leur aurait épargné à tous deux bien des désagréments.

Pourquoi ? Parce qu'elle avait autant envie de lui que lui d'elle ! Croyait-elle qu'il ne l'avait pas deviné ? Elle avait peut-être réussi à se voiler la face, mais elle ne le tromperait pas, lui. Il avait vu la flamme du désir danser dans ses prunelles. Il avait senti son corps brûlant vibrer contre lui.

Quelques minutes de plus, et il l'aurait faite sienne. Pour un temps, du moins.

Si seulement il n'avait pas commis l'erreur fatale de faire allusion à ses précédents passages à l'Hôtel Chariot. Il y avait pourtant bien longtemps... Elle ne travaillait pas encore à son service. Il le lui aurait d'ailleurs volontiers expliqué, n'eût été son peu d'enthousiasme à remuer le passé.

Il ne tenait pas à lui rappeler une fois de plus qu'il ne correspondait pas à son idéal masculin. Ne savait-elle pas aussi bien que lui qu'il n'avait jamais eu de relation durable ? Qu'il n'était pas du bois dont on fait les bons maris, les bons pères de famille ?

Il n'avait plus de famille depuis l'âge de douze ans. Il avait appris à vivre ainsi, à ne pas s'investir, affectivement parlant, dans les différents foyers où il était placé. A essayer de s'adapter au mode de vie de chacun, rien de plus. Aller de l'avant, ne pas

140

s'attacher, c'étaient là ses consignes. La Marine lui avait donc convenu à merveille : de base en base, de pays en pays. Ses études avaient représenté un arrêt temporaire dans cette existence. Ensuite, il avait travaillé dans différentes entreprises, gravissant les échelons, jusqu'au moment où il avait posé sa candidature à ce poste à responsabilités chez Kane Haley.

C'était là qu'il était resté le plus longtemps, là qu'il avait commencé à se lier d'amitié avec certaines personnes. Kane, par exemple. Là, aussi et surtout, qu'il avait rencontré Lauren.

Ils travaillaient ensemble depuis trois ans. *Trois ans !* Il ne connaissait personne au monde mieux que Lauren. Et personne au monde ne lui était aussi cher. Elle lui avait plu dès qu'on la lui avait présentée. Et ils s'étaient bien entendus dès le début. Il n'avait jamais poussé davantage leur relation, n'y avait même jamais songé, sans doute parce qu'il était conscient de ne pas lui convenir.

Puis elle avait décrété qu'elle cherchait un homme, et tout avait changé. Après leur premier baiser, il avait bien été forcé d'admettre que leur amitié ne lui suffisait plus. Il souhaitait jouer un autre rôle dans la vie de la jeune femme. Pendant un certain temps, tout au moins.

Mais cet objectif lui paraissait désormais sérieusement compromis, vu qu'elle avait décidé de le bannir de son existence.

Rageur, il roula en boule une feuille et la lança dans la corbeille à papier.

— Raté !

Exaspéré, Rafe se leva. Il fallait qu'il bouge, qu'il change d'air.

Incapable de supporter la vue de la pièce vide, il passa devant le bureau de Lauren — *l'ex-bureau* de Lauren ! — sans y lancer un regard. Les poings serrés dans les poches de son pantalon, il déambula dans les couloirs. Il prit l'ascenseur, puis en sortit quand d'autres personnes y entrèrent. Il n'avait pas envie de

parler, pas envie de se montrer poli. Il marchait sans but particulier. Il avait simplement besoin d'avancer pour échapper aux
sentiments qui prenaient place en lui.

Lauren ne devrait pas lui manquer autant, se dit-il en s'en-
gageant dans un autre couloir. Jusqu'ici, les femmes avaient
traversé sa vie sans qu'il y prête grande attention. Il était seul
depuis l'âge de douze ans, mais ne s'était jamais senti seul.

Or, sans Lauren, *il se sentait seul*. Son image le hantait, il
avait l'impression d'entendre sa voix…

Mais non, s'avisa-t-il soudain, c'était bien elle qu'il entendait,
venant de la cafétéria. Il avança vers la porte, et *la* vit.

Instinctivement, il recula et se plaça dans un angle où il
pouvait voir sans être vu. Juchée sur une échelle, les bras levés,
elle fixait des branches de gui à une petite structure métallique
suspendue au plafond. Elle portait un jean et un pull à col roulé
gris, dont elle avait remonté les manches. Comme elle le faisait
à l'époque bénie de leurs « compétitions » sportives. Concentrée
sur cette tâche, elle fronçait les sourcils en une mimique qu'il
connaissait bien.

Elle avait le teint un peu pâle, les joues un peu plus creuses
qu'à l'accoutumée, mais lui parut plus jolie que jamais.

Absorbé comme il l'était à contempler la jeune femme, il mit
un temps à s'apercevoir qu'elle n'était pas seule dans la pièce.

Brandon, le jeune homme du service courrier, prit la
parole :

— Hé, Lauren ! Est-ce que je dois mettre un peu de gui par
ici aussi ?

Elle se tourna vers lui et fronça le nez.

— Peut-être pas. Il y a déjà pas mal de guirlandes dans ce
coin, inutile de surcharger la décoration.

— Je crois qu'elle a raison, petit, déclara le vieil Artie Dodge,
à un autre bout de la pièce.

Le regard de Rafe fut alors attiré par une table couverte de boules de Noël, guirlandes, poinsettias. De toute évidence, Lauren et son équipe préparaient la salle pour la soirée de fin d'année de l'entreprise.

Il se passa une main sur le menton, perplexe, avant de deviner ce qui avait dû se passer. Lorsque Kane avait appris la démission de Lauren, il avait chargé Julia Parker de veiller à ces préparatifs. Or, cette dernière était tombée malade et n'était pas venue travailler ces deux derniers jours. Elle avait sans doute demandé à Lauren de la remplacer et, avec cette générosité qui la caractérisait, celle-ci avait accepté.

Voilà qui lui ressemblait bien ! songea-t-il. Lauren adorait Noël. Elle n'aurait pas voulu que quiconque soit déçu parce que la soirée était annulée. Et elle aurait moins encore voulu mettre Julia dans une position difficile en refusant de l'aider. Seul le risque de le croiser dans les couloirs aurait pu l'inciter à refuser. Or, comme elle le croyait en déplacement…

Il soupira, torturé. Il avait tellement envie d'aller vers elle, de lui poser quelques questions, de l'obliger à écouter ce qu'il avait à lui dire. Cette fois, elle ne lui échapperait pas, debout sur l'échelle !

Mais, de tous les souvenirs qu'il avait d'elle, celui qui s'imposa fut l'image de son visage, juste avant qu'elle ne tourne les talons et sorte de sa chambre. Son regard trahissait une telle tristesse…

Il serra donc les mâchoires et s'éloigna.

Ce soir-là en arrivant, Lauren marqua une pause à l'entrée de la cafétéria afin d'apprécier le résultat de leurs efforts.

Finalement, elle hocha la tête, satisfaite. Les tables rondes, au centre desquelles trônaient des poinsettias, étaient recouvertes de nappes en papier crépon rouge. Chandeliers et guirlandes diffusaient dans la grande pièce une douce lumière qui se reflétait dans les grosses boules dorées et argentées du sapin.

Une foule de plats alléchants étaient disposés sur le buffet, qui occupait tout un pan de mur. Rires et conversations se mêlaient aux accents d'une douce musique latine. A l'intérieur, les gens bavardaient par petits groupes, allaient et venaient, un verre à la main. Les nouveaux mariés, Jack et Sharon Davies, approchaient déjà de la piste. Ken Lawson était au bar, et Matthew et Jennifer Holder choisissaient leurs boissons.

Ils souriaient tous, remarqua-t-elle. Ils avaient tous l'air heureux d'être là. Tous sauf elle.

La jeune femme balaya de nouveau la salle du regard, avec l'espoir d'y voir Rafe. Mais en vain. Inspirant un grand coup pour surmonter sa déception, elle passa le seuil de la cafétéria, prête à rejoindre l'assemblée. Elle n'avait au départ aucune intention d'assister à cette fête annuelle, mais les circonstances en avaient décidé autrement. Julia, qui avait attrapé un gros rhume, l'avait appelée à la rescousse, et elle s'était trouvée dans l'impossibilité de refuser.

C'était ce qu'elle avait essayé d'expliquer à Jay un peu plus tôt, tandis qu'elle se préparait pour la soirée.

— Tu ne devrais pas retourner là-bas, n'avait cessé de lui répéter son amie tout en la coiffant. J'ai bien peur que toutes tes bonnes résolutions ne s'envolent, si tu *le* revois.

— Je t'ai déjà dit qu'il n'y serait pas, Jay. Il est parti hier en voyage d'affaires et ne rentrera que demain.

— Mmmff… Tu as déjà assez souffert à cause de ce type !

Un sourire de commande aux lèvres, Lauren avança vers le buffet pour débarrasser deux plats déjà vides, tout en réfléchissant à ce que lui avait dit Jay.

En fait, elle ne pouvait pas en vouloir à son amie de se soucier ainsi de son sort. Celle-ci avait été particulièrement inquiète de la voir rentrer plus tôt que prévu de son voyage d'affaires.

Quitter l'Hôtel Chariot avait représenté pour Lauren l'une des tâches les plus difficiles de son existence. De retour dans sa chambre, elle avait compris qu'il lui était impossible de rester là, si près de Rafe et, la mort dans l'âme, elle avait jeté dans sa valise les vêtements qu'elle avait si soigneusement préparés la veille. Puis elle avait appelé un taxi pour retourner chez elle. Le prix pourtant élevé annoncé par le chauffeur lui avait paru justifié, tant elle avait hâte d'échapper à la tentation.

Elle n'avait pas versé une seule larme durant le long trajet. Mais, quand elle avait vu Jay, elle avait éclaté en sanglots avant même de lui raconter ce qui s'était passé. Son amie l'avait réconfortée en la prenant dans ses bras et en lui servant de la glace au chocolat. Elle l'avait écoutée patiemment, avait discuté avec elle de chaque détail et, ensemble, elles en étaient arrivées à la conclusion que Lauren avait fait le bon choix.

Le bon choix, se répéta-t-elle en disposant machinalement des canapés côte à côte. Quel dommage que faire le bon choix soit si douloureux. Mais, douloureux ou pas, elle devait tourner la page sur cette affaire, reprendre sa vie en main.

— Supposons que Rafe assiste finalement à cette soirée ? avait insisté Jay. Comment réagiras-tu ?

— Comme une adulte responsable, lui avait-elle répondu avec calme. Le fuir éternellement n'est pas une solution.

Néanmoins assez tendue, elle vérifia une dernière fois que rien ne manquait sur le buffet, et s'apprêta à rejoindre une de ses collègues. Ce fut à ce moment-là qu'elle le vit, superbe en costume bleu nuit, chemise blanche et nœud papillon de soie. Un verre à la main, il bavardait avec Kane et Maggie. Une remarque de cette dernière le fit sourire, et Lauren sentit son cœur se serrer.

Avec des gestes d'automate, elle revint sur ses pas pour se diriger vers le bar, se disant qu'un verre de punch lui redonnerait courage…

Mais elle ne put arriver jusqu'au bar : tout sourire, Brandon lui barrait le passage.

— Vous êtes plus belle que jamais, ce soir, dans cette robe rouge ! s'exclama-t-il. J'espère que vous n'allez pas refuser de danser avec moi ?...

Elle hésita, consciente que danser reviendrait à s'exposer sur la piste, où Rafe la repérerait aussitôt. Mais n'avait-elle pas dit elle-même que le fuir éternellement n'était pas une solution ?

Brandon attendait toujours sa réponse, l'œil luisant d'espoir, et elle hocha la tête. Pendant les minutes qui suivirent, elle s'efforça de suivre le jeune homme qui dansait à merveille un mambo endiablé. Essoufflée et pressée d'occuper une place moins en vue, elle le remerciait quand Artie se matérialisa à côté d'elle.

— M'zelle Lauren ?..., dit-il avec une irrésistible moue comique.

Puis ce fut Frank Stephens qui lui succéda. Et James Griffin. Ralph Riess. Et même Kane Haley, le grand patron.

Lauren n'avait jamais remporté un tel succès. Cela lui était pourtant bien égal. Passer de bras en bras ne l'empêchait malheureusement pas de penser à Rafe. Il ne s'était certes pas manifesté, mais cela n'écartait pas pour autant tout risque de confrontation.

La voix de son nouveau cavalier, Ken Lawson, replongea la jeune femme dans la réalité.

— C'est une soirée très réussie, Lauren. Tout est parfait... ou presque.

— Ah ?

— Elle serait parfaite s'il y avait davantage de gui ! J'ai entendu Brandon s'en plaindre, et je dois dire que ce gamin a raison.

Elle lui adressa un petit sourire amusé.

— Si j'en crois la rumeur publique, vous n'auriez pas besoin de gui pour embrasser qui vous voulez, Ken…

— Vous n'allez tout de même pas prêter foi à ces commérages ? protesta-t-il, offusqué. Je suis très attaché aux traditions, voyez-vous…

Il hasarda un bref regard en direction du plafond, et Lauren comprit qu'il l'entraînait vers les branches qu'elle avait elle-même suspendues un peu plus tôt, dans un coin de la pièce.

Une voix profonde résonna alors juste derrière elle.

— Changement de cavalier !

Lauren retint son souffle et se tourna lentement… vers Rafe.

— Comment cela ? s'exclama Ken.

Le regard noir dont le gratifia Rafe l'incita néanmoins à ne pas insister.

— Bon, bon, marmonna-t-il en s'écartant de Lauren à contrecœur. Ce n'est que partie remise.

Rafe, qui enlaçait déjà la jeune femme, répliqua :

— A ta place, je n'y compterais pas trop.

Et il reporta son attention sur sa cavalière.

— Bonsoir, Laurie. Le rouge te va à ravir.

Elle comprit alors qu'elle n'aurait pas dû venir. La blessure était trop fraîche. Cicatriserait-elle jamais, d'ailleurs ? Jay avait eu raison de la mettre en garde contre ses propres réactions.

Elle s'apprêtait à essayer de lui échapper quand il lui chuchota à l'oreille :

— Regarde où nous sommes… Juste sous le gui.

Ses lèvres se posèrent sur les siennes, brûlantes, possessives. Ebranlée par ce baiser pourtant bref, elle recula d'un pas.

— Je… dois retourner m'occuper des convives, dit-elle dans un souffle.

Mais il la tenait toujours par le bras, et la guida vers la sortie, faisant mine de ne rien avoir entendu.

— Rafe… lâche-moi.

Ils rejoignirent le couloir, et il y fit quelques pas avant de pousser une porte. Ils se retrouvèrent dans le noir.

— Où sommes-nous ? articula-t-elle au moment où il cherchait l'interrupteur à tâtons.

Une lumière aveuglante jaillit au-dessus d'eux, éclairant des rangées de boîtes de petits pois, carottes, haricots verts et autres.

— Dans une annexe de la cuisine, j'imagine.

— Et pourquoi sommes-nous dans une annexe de la cuisine ? insista-t-elle en évitant de le regarder.

— Parce que j'ai à te parler.

— Nous avons déjà parlé, Rafe.

— *Tu* as parlé. Pas moi.

La jeune femme dut avaler le nœud d'émotion qui lui obstruait la gorge.

— Laurie, je regrette infiniment ce qui s'est passé ce soir-là. Je n'aurais jamais dû t'emmener dans cet hôtel.

Comme elle ne savait que dire, elle se tut.

— Je veux que nous repartions de zéro, ajouta-t-il.

Lauren se mordit la lèvre, tant elle avait l'impression qu'il remuait le couteau dans la plaie.

— Je dois retourner à la cafétéria, maintenant. Et ce… ce petit jeu ne m'intéresse plus.

— Ce n'est pas un jeu, Laurie, affirma-t-il. Avec toi, ça n'a jamais été un jeu.

Mais elle resta sceptique, et il enchaîna, désespéré :

— Ce que je dis là n'est que la stricte vérité. Je suis bien conscient de ne pas être un exemple en matière de relations. En fait, je n'ai même jamais été assez proche de quiconque pour appeler cela une « relation » ! Tu m'as dit que tu avais changé d'apparence, ces derniers temps, mais que tu étais toujours la même. Eh bien vois-tu, c'est l'inverse qui m'est arrivé ! Depuis que je te connais, je ne suis plus le même. Les aventures sans lendemain ne m'intéressent plus. Ce dont j'ai envie désormais, c'est de construire *quelque chose* avec *quelqu'un*.

Ses yeux étaient plus noirs que jamais. Il se rapprocha de Lauren et lui prit les mains pour les serrer dans les siennes.

— Cette semaine sans toi a été infernale. J'ai compris à quel point tu me manquais. Sans toi, ma vie est insipide, vide de sens. Je n'ai personne à qui parler, personne avec qui m'amuser. Personne à taquiner, personne sur qui veiller.

Puis il porta à ses lèvres les mains de la jeune femme et chuchota :

— Personne à aimer.

Aimer.

Le petit mot magique resta suspendu dans l'air.

Aimer. Aimer. Aimer.

— Tu veux dire que…

— Que je veux passer avec toi mes jours et mes nuits, Laurie. Et que, si tu acceptes de m'épouser, tu feras de moi le plus heureux des hommes.

Partagée entre le rire et les larmes, elle l'enlaça par le cou et lui offrit ses lèvres.

Épilogue

Un an après.

— Allez, Rafe…

— Non. Pas ce soir ! C'est la veille de Noël, le repas était délicieux, le dessert exquis, et tout ce que je souhaite maintenant, c'est me détendre.

Pendant quelques instants, seul le craquement des bûches dans la cheminée rompit le silence.

— S'il te plaît…, insista-t-elle d'une voix enjôleuse. Ça ne durera pas longtemps.

Rafe lâcha un long soupir et se laissa aller contre le dossier du canapé. Il aimait tout particulièrement le grand salon de la maison qu'ils avaient achetée aux abords de la ville.

— C'est bien ce qui me chagrine ! rétorqua-t-il avec une grimace. Ça ne dure jamais très longtemps, ces derniers mois…

— Tu feras mieux cette fois, j'en suis sûre !

— J'aurais mieux fait la fois dernière aussi, si tu n'avais pas porté cette chemise de nuit de soie…

La robe noire qu'elle avait revêtue ce soir-là était aussi des plus seyantes et suggestives. Il n'avait aucune envie de jouer aux échecs !

Il ouvrit la bouche pour le lui dire, mais croisa son beau regard suppliant et se tut. Elle savait qu'il ne résistait pas à ce regard. Elle le savait !

— Bon, maugréa-t-il, mais une partie. *Une seule !*

Un cri de triomphe franchit les lèvres de la jeune femme, qui se leva d'un bond pour installer le jeu d'échecs sur la table basse.

Dans le quart d'heure qui suivit, Rafe constata qu'il se trouvait dans une position difficile.

— Rafe ?

— Mmm ? murmura-t-il, agrippé à son roi.

— Je propose que nous fassions un pari.

Il leva les yeux sur elle, ce qu'il avait soigneusement évité depuis le début de la partie.

— Quel genre de pari ?...

— Oh... quelque chose d'amical.

— Mais encore ? insista-t-il.

— Si je gagne, nous ouvrons les cadeaux ce soir.

Rafe fronça les sourcils. Il avait d'autres projets pour la soirée. Des projets dans lesquels Lauren, nue dans ses bras, jouait un rôle capital.

— Et, si tu gagnes, nous les ouvrirons demain matin.

— Laurie, nous avons décidé ensemble d'attendre jusqu'à demain. Je ne pense pas que...

De nouveau ce même regard. Et cette bouche en cœur...

— D'accord, d'accord !

— Oh, Rafe... cette parure de rubis est superbe ! s'exclamait Lauren, quelques minutes plus tard.

Il hocha la tête. Les pierres rouges sur cette peau crémeuse étaient du plus bel effet, comme il l'avait imaginé.

— A toi, maintenant !

Elle lui tendit un gros paquet, plutôt léger, qu'il s'empressa d'ouvrir. Un sourire aux lèvres, il déplia ce que contenait le papier argenté : un pull-over couleur chocolat.

— Enfin ! s'écria-t-il en riant aux éclats. Et, maintenant que je n'ai plus ma pelote de laine, avec quoi vais-je pouvoir jouer ?

— Avec ceci…

Un sourire énigmatique aux lèvres, elle lui tendit une enveloppe. Intrigué, il la décacheta et y trouva deux brins de laine noués l'un à l'autre. L'un rose, l'autre bleu pâle.

Rafe redressa lentement la tête pour la considérer. Jamais elle n'avait vu les yeux de son mari refléter un tel bonheur.

— Je savais bien que tu ferais de moi le plus heureux des hommes ! murmura-t-il avant de l'enlacer.

Remue-ménage amoureux,
par Jill Shalvis – n°14

Quand Cami avait décidé de refaire la décoration
de sa maison, elle ne pensait pas qu'elle aurait tous
les jours sous les yeux un séduisant entrepreneur,
très habile dans l'art de la déstabiliser… Or Cami
n'était pas prête à s'investir dans une vraie relation.
Elle préférait de loin les rendez-vous arrangés par sa
mère, qui ne l'engageaient à rien. Mais pourrait-t-elle
résister longtemps au charme de Tanner ?

Chère lectrice,

Vous nous êtes fidèle depuis longtemps?
Vous venez de faire notre connaissance?

C'est pour votre plaisir que nous avons
imaginé un rendez-vous chaque mois
avec vos auteurs préférés, vos
AUTEURS VEDETTE dans les
collections Azur et Horizon.

Les AUTEURS VEDETTE vous
donneront rendez-vous pour de
nouveaux livres vedette.

Pour les reconnaître, cherchez
l'étoile... Elle vous guidera!

Éditions Harlequin

HARLEQUIN

LE FORUM DES LECTEURS ET LECTRICES

CHERS(ES) LECTEURS ET LECTRICES,

VOUS NOUS ETES FIDÈLES DEPUIS LONGTEMPS?

VOUS VENEZ DE FAIRE NOTRE CONNAISSANCE?

SI VOUS AVEZ DES COMMENTAIRES, DES CRITIQUES À
FORMULER, DES SUGGESTIONS À OFFRIR, N'HÉSITEZ
PAS… ÉCRIVEZ-NOUS À:
     LES ENTERPRISES HARLEQUIN LTÉE.
     498 RUE ODILE
     FABREVILLE, LAVAL, QUÉBEC.
     H7R 5X1

C'EST AVEC VOS PRÉCIEUX COMMENTAIRES QUE NOUS
ALLONS POUVOIR MIEUX VOUS SERVIR.

DE PLUS, SI VOUS DÉSIREZ RECEVOIR UNE OU
PLUSIEURS DE VOS SÉRIES HARLEQUIN PRÉFÉRÉE(S)
À VOTRE DOMICILE, NE TARDEZ PAS À CONTACTER LE
SERVICE D'ABONNEMENT; EN APPELANT AU
(514) 875-4444 (RÉGION DE MONTRÉAL) OU 1-800-667-4444
(EXTÉRIEUR DE MONTRÉAL) OU TÉLÉCOPIEUR
(514) 523-4444 OU COURRIER ELECTRONIQUE:
AQCOURRIER@ABONNEMENT.QC.CA OU EN ÉCRIVANT À:
     ABONNEMENT QUÉBEC
     525 RUE LOUIS-PASTEUR
     BOUCHERVILLE, QUÉBEC
     J4B 8E7

MERCI, À L'AVANCE, DE VOTRE COOPÉRATION.

BONNE LECTURE.

HARLEQUIN.

VOTRE PASSEPORT POUR LE MONDE DE L'AMOUR.

ROUGE PASSION

De fiévreuses histoires d'amour sensuelles!

De provocantes histoires d'amour passionnées et romantiques qu'on lit d'une seule traite. Aventureuses, parfois humoristiques, et sensuelles, elles mettent en vedette des hommes et des femmes d'aujourd'hui.

ROUGE PASSION... quatre nouveaux titres chaque mois.

La COLLECTION AZUR

Offre une lecture rapide et

- ☑ stimulante
- ☑ poignante
- ☑ exotique
- ☑ contemporaine
- ☑ romantique
- ☑ passionnée
- ☑ sensationnelle!

COLLECTION AZUR . . . des histoires d'amour traditionnelles qui vous mènent au bout du monde! Six nouveaux titres chaque mois.

HARLEQUIN

En août, on vous tente avec un livre SUPER PASSION de la série Rouge Passion.

Les livres SUPER PASSION sont un peu plus sensuels et excitants, mais toujours l'amour triomphe des contraintes, de dilemmes et vient réchauffer votre coeur comme une caresse.

Une histoire SUPER PASSION chaque mois, disponible là où les romans Harlequin sont en vente !

RP-SUPER

Composé et édité
PAR LES ÉDITIONS HARLEQUIN
Achevé d'imprimer en juillet 2003

BUSSIÈRE

GROUPE CPI

à Saint-Amand-Montrond (Cher)
Dépôt légal : août 2003
N° d'imprimeur : 33928 — N° d'éditeur : 10063

Imprimé en France